再見了
說謊的人魚公主

汐見夏衛

CONTENTS

SAYONARA USOTSUKI NINGYO HIME

BY SHIOMI NATSUE

視覺設計 みっ君

序章　人魚之沫

某天，突然有個不可思議的相遇，發生一件想都沒想過的事，產生某種劇烈的變化，把我從無聊的日子裡拯救出來。灰色的世界，發出閃閃發亮、色彩鮮明的光輝。

我就像折著手指算收到聖誕禮物日子的孩子般，其實心裡某塊地方一直焦急地等待著，宛如奇蹟般的這件事。

可我已經不是會對那種不確定的奇蹟深信不疑的年紀了。

就這樣在大人與孩童的夾縫中，於寂靜的絕望深處動彈不得，無法抗拒地被死亡的氣息所吸引。

死這個詞語，宛如在幽冥海中抬頭看到的天頂月亮般，蘊含著溫柔的光芒，像是成熟的果實般散發著甘甜的香氣。

想死，是我已無可救藥的日子中，唯一的救贖。

所以，我覺得我已經可以死了。

「那，要不要一起死呢？」

我這麼一問，妳淺淺笑著說「好耶，好主意」。

「兩個人的話，一定，就不可怕了。」

我們逆著人流，朝淚岬走去。

並肩站在淚岩旁邊，低頭看著腳下碎裂的海浪。

「如果有來生……。」

我一邊說著無關緊要的話，一邊用左手握著妳的右手，右手在口袋裡翻找。確認那個冷冽的東西存在。

緊緊握著它，我出聲說「走吧」。

「預備……。」

就這樣異口同聲、手牽著手，兩人同時朝地面一蹬。

遭海面撞擊。水與泡沫包裹全身。一口氣被吸進深深、深深的地方。

跳進海裡的勢子稍微停歇，身體開始緩緩下沉。

往海底，落下。

鬆開牽著的手。

我緊緊咬著唇，從口袋裡拿出小刀。

單手朝著妳伸過去。

妳也一樣，朝著我伸出手。

某個透明的東西，反射從頭頂水面上落下的淡淡月光，閃閃發亮。

指尖互觸。

我沒有錯過這個瞬間，把握住。

妳的眼眸裡，映著無邊無際的深藍色。

「——人魚公主，已經，結束了。」

SAYONARA USOTSUKI
NINGYO HIME

一章

人魚之鱗

◆無法成為樂園的鯨魚

微陰的天空下，鯨魚散發出強烈的腐臭味。

不知道是真是假，但聽說這具巨大的屍體大概十天前被一艘漁船發現在海上漂流，昨晚悄悄地漂到了這片海灘的樣子。

就算是海邊城鎮，當然也是第一次發生這種事，附近居民一整個早上都在談論跟擱淺鯨魚相關的話題。

這一帶總是瀰漫著隨海浪或海風而來的垃圾、堆放的捕魚用具一類的腥味，還有被魚網打上來丟棄的海藻、小魚等等的腐爛味。所以這個城鎮的人已經相當習慣海的臭味了。

但是，這突如其來出現，身長接近二十公尺鯨魚的腐敗臭味非常強烈，即便是我們也緊皺眉頭。縱使捏住鼻子，也會從小小的縫隙鑽進來直刺鼻腔似的，光是靠近，就覺得緊貼在皮膚上無法去除一般，無處可逃的臭味。

死掉的生物原來這麼臭，我一邊忍住有點想反胃的感覺一邊想。可以的話，我想儘快離開這個地方。

或許有人會說那就走啊，我也沒興趣盯著死鯨魚仔細觀察。但這怎麼說都還是學校課程的一部分。

是個怪咖的生物老師，在第四節課開始的同時說「偶爾也去校外教學吧」。我們就這樣不知道要去哪裡的被帶出去，地點就是這個有巨大屍體的沙灘。不用說要去哪、要做什麼，從靠近海邊時隨著風息飄來的味道，我在抵達前就知道老師打什麼主意。

他恐怕想的是讓學生們看一點驚人的東西，能留下深刻印象的就是「好課程」的蠢事吧。所謂的生命教育。完全是簡單而淺薄的想法。

我嘆了口氣，視線往腳下去。

明明是在褪色泛黃般的陰鬱天空下，大概是因為從雲朵縫隙間落下的陽光，我落在砂上的影子意外鮮明，沒什麼真實感。就像在廉價連續劇的場景裡，被不自然的強光照著似的，陷入一種朦朧感。

我再度微微嘆氣，抬起眼來。

前所未見的巨大屍塊。即便看向遠方，站在鯨魚頭部位置的我們，連尾巴的影子都看不見。原來真的有這麼大的生物存在，我被這種奇妙的感慨包圍。牠太大了，不要說在海裡游泳，連正在呼吸的模樣都無法想像。很難相信我們同屬哺乳類。說牠是從未知星球來的未知生物我比較理解。

就在我一邊看著被海浪反覆拍打的魚鰭，一邊在各種亂七八糟的想法之間擺盪時，突然有個「那個啊」的聲音近距離傳來。我反射性的看過去，同班的後藤的鳥窩頭出現在我身側。

「是大翅鯨吧？大翅鯨。」

面對他的問題，當然沒有答案的我沉默著轉回視線。我哪會知道鯨魚的種類。不知道有幾種，頂多只聽過藍鯨。

「啊——應該是大翅鯨吧？腹部有凹刻，胸鰭有節瘤，那個節瘤大概是藤壺。這個體型……嗯嗯，八成就是大翅鯨。雖然不問專家不能斷定，不過依我的見解，這就是大翅鯨。」

真心不在意。沒興趣。

後藤似乎是一頭栽進去之後就看不見其他事物的個性，對我毫無反應的樣子他一點都不在意，自顧自地拚命說。如果不需要我回答，希望一開始就不要跟我說話。

「大翅鯨會唱歌唷，唱歌喔，歌，很厲害吧？不是單純喊叫或回聲定位，啊，因為大翅鯨是長鬚鯨科，或說是鬚鯨科，所以本來就不會回聲定位就是了，但總之大翅鯨的歌不是比喻，而是真的在唱歌，是有旋律、有複雜層次結構的歌喔，也有流不流行之分，然後幾首歌組成曲目，一唱就是連著幾個小時，超神奇的對不對——？」

我仍然看向前方，什麼都沒回答。鯨魚唱不唱歌和我一點關係都沒有，我也不想知道。

海邊不只有班級學生，還有不少看起來是來看熱鬧的附近居民。也有特意坐車來的人。不知道是從哪裡得到消息的，連地方電視台採訪的都來了，兩台大大的攝影機對著這邊。

好閒哪，我想。稍微發生點跟平常不一樣的事情就一堆人都跑來了。然後每個人都露出無法掩飾的燦爛笑容，講話聲音也相當洪亮。

集眾人目光於一身的鯨魚，軟綿綿地橫躺在髒兮兮的沙灘上，沙灘上散落著飄來的寶特瓶、塑膠袋。這種大熱天，腐爛的狀況比我早上經過時更甚。有些地方外皮已經脫落，胸鰭、尾鰭像融化似的變形。

「吶吶吶，那個，你看看那個肚子！」

後藤再度用興奮的語氣跟我說話。我默默地皺起眉頭。

「你知道為什麼鯨魚肚子脹得那麼大嗎？是因為腐敗在體內產生瓦斯而膨脹喔，然後要不了多久就會爆炸囉。」

「欸，騙人，會爆炸!?」

有個應該是站附近聽到這番話的女孩子，突然誇張大喊。

我瞟了一眼，是『說謊愛演女』綾瀨水月。

後藤一副很高興有人回應的樣子，很有他處事風格的賊笑著繼續說。

「對對爆炸爆炸！人類也一樣就是了，身體承受不住體內瓦斯的壓力就會爆炸喔，砰！」

「欸嘿嘿，爆炸啊。好厲害喔。」

綾瀨靠近鯨魚，眼中閃耀著光亮。

這也是個怪咖。我暗暗傻眼，怎麼能離這麼臭的東西那麼近。

「然後一爆炸啊，腐爛的肉片當然就會噴得到處都是，國外好像發生過車子被噴過來的鯨魚碎片砸爛的，嚇死人囉。」

後藤喋喋不休地跟在她身後。吵吵嚷嚷的兩個人走開了，我心裡鬆了口氣。

「欸，砸爛車子!?超強，很厲害耶鯨魚！」

「所以為了不讓牠爆炸，會在這之前用刀子一類的東西在鯨魚肚子上開洞，讓瓦斯洩出來，像氣球一樣咻——這樣。」

「欸——真的假的!?」

她格外響亮的聲音一響起，從後面傳來喊叫聲，

「綾瀨妳很煩耶——」

聲音態度都很強硬，宛如主事者似的女孩，是松井。她身邊的男女也紛紛開口說「真的很煩」、「閉嘴啦」一類的話，指責綾瀨。

她唰地一下轉頭，笑嘻嘻地回答「欸嘿嘿，抱歉啦——」。

「到處都很吵鬧啊，你們有好好觀察鯨魚嗎？」

生物老師沼田的抱怨聲傳來。他剛剛應該還在沙灘邊緣遠遠看著學生們的，不知道什麼時候站到我身邊來，我有點嚇到。鬆垮垮套在身上的白外套啪噠啪噠地隨風翻飛。

「差不多該集合了，總要說點像上課該說的話啊——。」

附近的幾個學生聽到沼田老師的話回過頭開始移動，其他的學生注意到了，也紛紛過來集合。我悄悄地離開現場。不想被一群人圍住。

「鯨魚啊海豚啊，擱淺或漂到岸邊其實並不稀奇。」

明明刻意避開了鼎沸人聲，後藤卻再度找我說話。我不由得嘆了口氣，但他卻沒有發現。

「欸，是喔？不稀奇嗎？我第一次見到就是了。」

連綾瀨都靠了過來，我再度嘆了口氣。為什麼這個班裡有這麼多不在意別人的傢伙啊，而且囉嗦得很，真的很麻煩。

「不稀奇唷，因為光是日本一年就有幾百例，然後連要怎麼好好處理的指南都有，像是運到垃圾處理場、沒辦法運送的話就在沙灘上挖洞掩埋或燃燒。」

明明不想聽，這些字句還是跑進我耳朵裡。我靜靜地盯著屍體看。

這條鯨魚之後會被埋葬、會被火葬，還是會被當成垃圾呢？不管是哪種，都不是海洋生物應有的死法。

牠的死法錯了。原本該死在海中，回歸海底的，但現在不管是成為灰燼或是被埋葬，都被永遠束縛在了地上。

「有個名詞，叫鯨骨生物群落。」

這個聲音突然在我耳邊響起，我一下子回過神來。

怪到出名的生物老師，不知道什麼時候又站到我旁邊。就像是忍者什麼的。是說為什麼要靠近我？有四十個學生，別來找我，去找其他更能輕鬆和老師對話，並且因此有優越感類型的人豈不是更好？像松井那種的。

無視我的憂鬱，沼田繼續說。

「鯨骨指的是鯨魚的骨頭，群落是群聚，『鯨骨生物群落』。指的是聚集在鯨魚骨頭生物們的colony。」

學生們的視線全部集中過來。我別過頭。

「老師老師，這個我知道我知道，我在去年深海探查的紀錄片裡看過!!」

後藤一開口，沼田就笑著說「果然啊」，其他的學生們齊聲抱怨「後藤好煩——」。

「知道colony是什麼意思嗎？羽澄。」

突然被點到名，我微微皺眉。沒打算回答時，沼田一臉賊笑的看著我的臉。

「喂——有聽到嗎？現在在上課唷——在問你問題喔——點到你囉——。」

「……殖民地，生活共同體。」

我輕嘆一口氣後小聲回答，沼田滿意的點點頭。

「對對，你們學英文時是學到這個。此外，還有其他的意思。許多動物或植物聚集生活的地方。也就是說，鯨骨生物群落指的是以沉入海底的鯨魚屍體為中心，聚集許多生物所形成的群落。」

「吶吶，沼老。」

跑到沼田身邊的，是松井。

「為什麼要刻意集中在屍體邊啊？不噁心嗎？還又臭又髒的。是我的話絕對不會接近就是了——。」

沼田回答完在水中氣味不會這麼強烈之後，繼續說。

「所謂的深海，是個太陽光照不到的黑暗世界。沒有光，意味著沒辦法進行光合作用所以氧氣稀薄、水溫低，除此之外水壓也高，是會把人壓扁的高壓，總之是聚集了對生命而言各種惡劣條件的嚴苛環境。」

響起了嗚哇——的聲音。

「普通的生物無法在深海生存，也就是說，幾乎沒有能捕食的生物。幾年才找到一次食物的情況並不稀奇。」

「真的假的!?幾年才能吃到一頓飯!?這會死掉吧！」

有個男孩子大喊，後藤一臉開心地回答。

「所以為了活下去，深海生物會進化。例如大王烏賊或是大王具足蟲，只要吃一點點東西，就能活上幾百天、幾年。牠們的新陳代謝跟消化食物的速度都很慢，前幾天不是有個上新聞的水族館嗎？裡頭有不吃食物還能活五年的大王具足蟲。超神的啦——生命的奧妙啊。」

沼田點頭說「你知道的真多」，接著說下去。

「深海中的生物一直都處於飢餓狀態。充滿營養的鯨魚屍體，掉在那麼苛刻的世界裡，宛如從天而降的恩賜。這樣大家都會咬住不放吧。」

我一邊看著橫躺的鯨魚一邊緩緩眨眼，腦中浮現出雨水落在乾枯大地上的景象。

「沉入海中的巨大屍體，被大型生物啃食，被中型生物啃食，被小型生物啃食。經年累月下，肉被剝除，骨頭融化，吃剩的食物和殘渣被微生物和細菌分解。這麼一來，鯨魚骨頭的周圍就形成了一個特殊而獨特的生態系統，與其他環境不同。成為幾百種生物繁衍生息的豐饒群落。可說是深海中的綠洲。」

這次我閉起眼睛想像。

在廣大的海洋自由的游來游去，躍出水面、噴出水柱，有時一邊唱歌，一邊悠悠然歌頌生命的巨大鯨魚。

有一天死去，在夥伴們的安魂曲聲包圍中——雖然我不知道鯨魚唱的是不是安魂曲——漸漸沉入水中。緩緩地、緩緩地墜落。

落到深海海底後，之後的許多年，被大大小小各式各樣的生物吃乾抹淨，蕩然無存。

就這樣，沉入水中的鯨魚屍骸，成為幽暗、冰冷、難以呼吸的死亡世界中，唯一的生命樂園。

我再次睜開眼睛，巨大的屍體靜靜地躺在那裡。無法成為其他動物的食糧，也無法成為海底的樂園。悲哀的生物。

鯨魚的身體充滿傷痕。有幾處大的傷口，也有無數細碎的傷。

說是傷口，但毫無生氣，比起活體受傷流血，更像是用舊的皮製品上的擦傷，給人某種無機物的印象。這些恐怕不是生前受的傷，而是死後成為在海中飄蕩的物體被海浪沖刷、撞到浮游物或岩石而傷到表皮的結果。

「應該很痛吧？」

忽然發話的，是站在離我有段距離，和我一樣抬頭看著屍體的綾瀨。

說不定她是想跟我搭話，但我認為她是自言自語便無視了。

「死的時候也好，死掉之後也好，都不會痛就好了……。」

她微弱的聲音，很快就被海浪聲淹沒。

死後最好會痛。我在心裡碎念。

「回學校之後記得寫心得感想給我——好好思考要寫什麼進行觀察喔——。」

沼田慢幽幽地說完，松井他們發出不滿之聲。

「欸——心得感想？好麻煩喔——。」

「麻煩的是我，要看四十人份的心得給反饋很辛苦的。」

「那不要寫就好了嘛！」

「校外教學怎麼說都還是上課，所以要是不寫點感想的話，就變成單純的散步了。」

沼田疲倦地說。

我一邊隨意的聽著對話，一邊繼續盯著屍體看。

這頭鯨魚是在海中某處死亡的吧。然後是漂了多長時間、多少距離到這裡的啊？說不定生前是在我一輩子都不會造訪的遠洋中生活的鯨魚。

明明牠若是是死得其所，皮、肉、骨等的一切，應該會變成延續成千上萬生命的糧食的，不知道是什麼原因，讓牠漂到這個充滿垃圾的沙灘上。然後被渺小的人類遠遠眺望，喧鬧著說臭說髒說趕快處理吧，腐朽身體的每個角落被電視攝影機拍攝，死後的模樣會在晚間新聞中播出。太不合理，也悲哀。但是，因為已經死了，所以對鯨魚而言，什麼都無所謂了。

「那麼，差不多該回去了。」

沼田的話，讓學生們開始成群結隊地從沙灘上往回走。我慢慢地走在離他們幾公尺的後方。

在大部隊最後的是綾瀨。長到誇張的及腰長髮，在海風中飛舞飄揚。就在我茫然地看著它時，突然有個亮亮的東西在空中一閃而過，落在我腳邊。

我反射性的撿起來，放在手心上觀察。是塊歪歪扭扭的圓形，半透明的紫藍色碎片。大小約直徑三公分，厚度約一公釐。我用指尖捏起，讓陽光照照看，它泛著淡淡的彩虹顏色。

就在我疑惑著這是什麼的時候。

「這是，我的鱗片。」

意外聽到一個離我很近的聲音，我抬眼一看，看見綾瀨的臉。她奇妙的露出開心的笑容。

「因為我是人魚，所以有鱗片。」

她隔著裙子輕輕拍腳，露出燦爛笑容。

「現在因為各種原因所以是人類的模樣，不過只要一進到海中就會變成人魚喔。」

又來了，我在心裡嘆氣。是什麼啊？好像是『傳說中的人魚後裔』。當然是她自稱的，而且是謊言。她拿手的說謊癖又出現了。無法跟她相處。

「喂——綾瀨，羽澄。要丟下你們囉——。」

沼田的聲音傳來，轉頭說「糟了」的她，朝著我伸出手。

「鱗片，可以還給我嗎？」

我沉默著，把半透明的碎片放在她白皙纖細的手掌心上。

「謝謝。」

綾瀨燦爛一笑，對我招招手說「走吧」。我刻意無視，從她身邊走過，追上大部隊。最好是跟麻煩的人保持距離。

即使如此，她仍然與我並肩，跟我說一些諸如「鯨魚真的好大喔」、「海浪聲真好聽」一類無關痛癢的話。

雖然她很健談，善於交際，但因為愛撒謊所以讓人敬而遠之，沒有親近的朋友，大概因此很想要一個聊天的對象吧。既然如此，那可以去跟一樣是個話癆的後藤講話啊，為什麼要刻意纏著我這個孤僻的人呢？我完全不懂。

「啊，吶吶，你看那個。」

綾瀨突然開口，唰地一下抬起手。明明沒打算有所反應的，卻反射性地順著她指的方向看過去，因此生自己的氣。

「我的祖先就是從那裡跳下去的唷。」

她所指的，是位於沙灘另一頭的淚岬。

雖然被稱作海岬，但實際上是個長約一百公尺左右的小小尖端，從海岸線中一個微微凹陷的地方筆直往海面伸出。懸崖有十幾公尺高，從下方的岩石一路平緩連接這邊的海灘。

然後淚岬的尖端一帶，是一個水滴形狀的岩石，被附近居民稱為〈人魚之淚〉或〈淚岩〉。

會取這麼夢幻的名字，是因為這個城鎮有個代代相傳的〈人魚傳說〉。說是在幾百年前，人魚因喜歡上這個城鎮的漁夫而上了岸，可戀情沒有開花結果，便傷心地從海岬上跳入海中，化為泡沫。

我推測綾瀨就是想著這個，才荒唐不實的說自己是人魚後代。大概是想說傳說中的人魚是自己的祖先吧？是諸如自己的人生有奇特的命運啊，自己有隱藏的特殊能力啊一類中二病常見的妄想之一。

本來按照傳說，人魚年紀輕輕就因為失戀而自殺，所以應該不會有小孩才對。

「吶，羽澄，」，她再次開口喊著滿腦子想著這些事情的我。

「她不怕嗎？」

她一邊看著淚岩一邊低語。雖然特意喊了我的名字，聲音卻小到像是在自言自語。

「從那麼高的地方跳海，一定很可怕吧。」

比起跳下去，活著比較可怕，我在心裡回答。如果這些古老的故事是真的發生過的話。〈人魚傳說〉當然是假的，我想大概是哪個人編著玩的童話故事，不過公部門的人或是工商團體的人似乎是拚了命的把它當作是招攬觀光客的賣點。城鎮入口立了一個大得離譜的『人魚之城』看板，到處都有『可憐人魚的悲戀故事』的標示牌，和果子店裡販賣名為『淚岩最中』的點心，全是些詭異到不行的東西。如果我是住在其他地方的人，一來到這個城鎮就會想掉頭走人。

但不知道是誰開始的，幾年前網路上突然流傳起『撫摸淚岩許願後跳海的話，下輩子就能按照自己的願望轉生』這種毫無根據的傳說，講得像真的一樣，特意從遠處來這個地方自殺的人變多了。傳說越傳越廣，還加油添醋成了『和戀人一起從淚岬跳下去，轉生後還能在一起』、『在淚岬許下戀愛誓言的情侶會永遠不分離』，甚至出現了來約會順便觀光的情侶。

「吶，羽澄。如果轉生的話，變成什麼才好？」

綾瀨再度突然丟問題給我。明明我一次都沒回過她，還是反覆找我說話，要是她能把這不屈不撓的力氣用在別的地方就好了。

我像是要擺脫她聲音似的迅速邁開腳步，跟在已經開始散亂的隊伍最後，朝學校走去。

◇不會說謊的眼睛

從學校窗戶看出去的世界，除了海還是海。

海面上閃爍的粼粼波光，帶著海岸氣味的風息，不絕於耳的海浪聲，夾帶著海灘沙子和海水鹽分的海風常從窗戶吹進來，所以總是桌面粗粗的，皮膚黏黏的，頭髮硬硬的。

住在這個城鎮裡，很難逃離海洋。

把發下來的升學就業調查表放在桌面上，稍微動動手指，就發出沙沙聲。儘管不是因為這個原因，不過突然就沒幹勁了，便這樣把調查表放進書包裡。雖然想過在家寫一寫，但大概不會寫吧。因為，寫了也沒意義。

在我拄著臉看著窗外時，前方突然傳來「喂喂不要玩手機!!」的咆嘯聲。

連我都嚇了超大一跳。我大動作的站起來，還小小跳了一下，高聲喊著「嗚哇！嚇死人了——！」。就在這個時候椅子一下子倒了，彈起的椅腳撞到桌子，發出刺耳的金屬碰撞聲。

本來同學們看著大吼的班導，以及被抓到偷偷在桌子底下用手機而挨罵的男生的視線，這下一口氣全部集中在我身上。我全身的皮膚都感受到了，帶著嫌惡、傻眼、苛責的視線。

「綾瀨妳煩死了！」

「每次反應都很誇張欸！」

我一邊嘿嘿笑著摸頭髮，一邊低頭道歉說「抱歉啦——」。同學們的視線迅速收了回去。

「愛演女有夠討厭——。」

從某個地方傳來宛如丟一句惡言就跑的低語。但是，我不在意到底是誰說的。因為班上所有人都這麼想。

我呼出一口氣，坐回椅子上。

左邊窗戶進來的風息吹動泛黃的白色窗簾，輕撫前座男孩單薄的肩。

他的名字是，羽澄想。班上最怪的怪咖。附帶一說，第二怪的是後藤正己。

這麼一說我才注意到。只有他，不管是大聲咆嘯的老師，被罵的男生，還是刻意大叫的我，他看都沒看一眼。

再怎麼對別人沒興趣，一般都還是會反射性的看兩眼吧？我覺得很不可思議，觀察了一下，發現有條黑線一樣的東西從他的左耳延伸出去。是耳機。

莫非，是正在聽音樂？現在正是專心上課的時候就是了。就算是班會課，用耳機聽音樂也有點威。

他微微往斜下方低頭，好像看著桌面。但是，桌上什麼東西都沒有。盯著空盪盪桌面的寂靜背影。

「吶，吶，你在聽什麼？」

我對著他的右耳問，但他一動也不動。無視嗎？算啦，平常就是這樣。

然而每次一像這樣被無視，我就有種不做些什麼讓他給我點反應，就不會停手的衝動。

我一點都不客氣的抓住他文風不動的肩膀，吶吶的搖著喊他，羽澄緩緩轉過頭來。

一點表情都沒有。他的眼睛像在看我，但其實沒看。他的眼睛，像是越過我，把焦點放在隔壁班的黑板上似的。不，搞不好是越過隔壁班，穿過校舍牆壁，看著海或是天空也未可知。

我不經意的開口詢問。

「你在聽什麼音樂啊？樂團系？偶像系？」

「……。」

「啊，我想羽澄應該會喜歡米津玄師吧，一定是。」

「……。」

「說起來米津玄師啊，之前是用不同的名字進行音樂活動喔！是什麼啊，六？七？是九嗎？」

一咪咪反應都沒有。挑眉、臉頰抽動、嘴角歪斜都沒有，毫無反應。我都開玩笑開到自己頭上了，至少吐我槽嘛。

過了小半晌，他沉默地轉回前方。不是緩緩的轉，也不是唰一下的轉，真的是『什麼事都沒發生似的』，只是因為蚊子飛一類的聲音轉頭，完成確認什麼都沒有的目的之後，迅速轉回去。

我都這麼堅持不懈的找他說話了，還是沒有反應，反而很厲害。我一講話，大家都會用一種妳好煩的眼神看我，他連這都沒有。

「綾瀨，妳從剛剛開始就很吵喔！不要講悄悄話！」

不是來自羽澄，而是來自班導的斥責聲傳來。我又嚇了一跳，在椅子上小小跳了一下後，說「好——對不起！」，然後舉起右手敬禮。總覺得聽到大家的嘆氣聲。

我往前瞟了一眼，他沒有改變，一動也不動的看著桌面。

羽澄想，是個〈怪人〉。不是我個人的想法，任何人都這麼說。

不跟任何人來往，不跟任何人說話，連視線交會都沒有。不只是我們班，也沒看過他跟其他班級的人說話。總是一個人，從早到放學都是一個人。

他幾乎不說話，所以我剛開始以為他是因為生病一類的原因而發不出聲音，但上課被老師點到時，他又總能好好回答老師的問題，應該只是個性的問題。

大概是認為「不跟人往來、酷酷的我很帥」的感覺吧？大概是個年少輕狂，或是有中二病的傢伙。

所以我偷偷稱呼他為二年C班的孤狼。
「那麼，接下來就拜託班長了。」
班導的聲音，把我的思考從羽澄的事情拉回現實。班長代替班導走上講台。
「學生會會議上發下合唱比賽的資料，我現在宣讀。然後，禮拜五的班會上會決定比賽曲目，請大家思考想要唱什麼歌。我想請大家每人提出一首歌曲。」
我看著手撐在講桌上笑著報告的班長，不由得又看向前座。羽澄仍然低著頭聽音樂。發現班長好像一瞬間看到他後有停下動作，我自顧自地有點心慌。
羽澄只有一次在同學面前開口回答課堂提問外的問題。四月中旬時，決定遠足組別的時候。
班長對著沒有加入任何一組、一個人坐著的他開口『要是還沒決定的話，加入我們這組吧』。
羽澄當然一句話都沒說，也沒站起來。連看都沒看一眼，完全無視班長。
即使如此，班長還是沒有灰心，仍然帶著笑容，換著不同說法繼續邀請他加入自己的組別。展現他很會照顧別人的風格。
過了一會，羽澄小小的嘆了口氣，緩緩抬起眼，盯著班長看，開口回答。
『不用為了保住自己的面子跟我說話。』

話說得尖銳，但他的聲音並不冰冷，只有平靜。

這過分的說法，讓全班同學都發出了驚嘆聲，然後都生氣地皺起眉頭。

我們班的班長不但是棒球社的新隊長，而且成績好、個性明亮開朗、有領導力，是個宛如男主角般的人，在這個學年中很受歡迎，大家都崇拜他。

羽澄開口譏諷這樣的他。不管怎麼想，都會覺得羽澄是為了讓班上同學討厭自己而刻意為之的。

因為這件事，羽澄瞬間成了全班公敵（恐怕是如他所願）。大家不跟他說話、不看他，把他當成透明人看待。有種如果是二年C班的學生就該無視他的〈氛圍〉充斥在教室裡。

所以每個人都不跟他接觸。除了不在意其他人，我行我素的後藤正己（他搞不好根本沒注意到大家都不跟羽澄說話），還有拚命做點什麼想引出他反應的我。

「那麼，班會到此結束。綾瀨、羽澄，之後來教師辦公室一趟。」

班長說完聯絡事項走下講台後，班導看著我們說。這瞬間，同學們窸窸窣窣的說話聲音鑽進我的耳朵。

「哇靠，好威的組合。」

「這是二C的問題學生二人組啊。」

「怎麼回事啊？這兩個人。」

我轉頭，朝聲音的來源開口。

「欸——我什麼也沒做耶，怎麼回事啊——？」

「沒在問妳啦——！」

立刻有人吐槽，我嘿嘿笑著抓抓頭。

鐘聲響了，大家一起開始動作。

羽澄拿著學生書包慢慢站起來，穿過同學之間的縫隙，往後門走去。

「啊，等一下等一下羽澄，我也要去——！」

當然，即便我喊出聲，他也沒有停下腳步。

我急急忙忙追上他，走在已經走到走廊上的他身側。

「吶吶羽澄，會是什麼事情啊？」

「……。」

「我覺得我沒做過什麼要被叫去的事情耶，羽澄有什麼頭緒嗎？」

「……。」

「啊，那個吧，會被罵『要更有團隊合作精神啊——！』這樣。」

「……。」

「我從小學開始就被講幾千次了喔，『團隊合作能力』和『社交能力』。被說為什麼沒辦法跟大家一樣呢？因為不知道所以沒有『團隊合作能力』嘛。」

「……。」

不行了，銅牆鐵壁般的防守。我好像只是個大聲自言自語的怪傢伙。

我抬頭看旁邊，是張往下看的側臉。表情藏在長長的瀏海裡什麼都看不見。但我知道，大概沒什麼表情吧。薄薄的脣緊緊抿在一起。

八成是背對窗戶逆光的關係，他細瘦的身影，看起來彷彿隨時都會在陽光下變白融化，消失得無影無蹤。覺得好像真的變成了透明人似的。

「羽澄。」

我不由得開口。當然沒有得到回應。

結果，直到抵達教師辦公室，我都一直被他無視。

「你們兩個，都沒交社團登記表啊？」

深深坐在附輪辦公椅裡的導師抬頭看著羽澄和我，一邊手指咚咚地在桌上敲一邊說。

「啊——社團登記……。」

想起好像有這麼回事，我嘿嘿笑著抓抓頭。

「沒想到你們會忘記，今天是申請最後期限喔。」

「是耶……對不起——。」

在道歉的我旁邊，羽澄一如既往地面無表情。

沒想到他也沒有完成社團登記，真是意外。他雖然是個怪咖，但該做的事情或作業，總是會確實地完成。

「你們兩個都是要加入跟去年不一樣的社團吧？如果是同社團的話，應該馬上就可以交了。」

「啊，是的，我想換社團……。」

我瞟了羽澄一眼，看到他用毫無感情的眼神，輕輕點頭回應老師。

我們高中有個所有一、二年級學生都必須參加社團活動的神祕規定。每年四月會發下登記申請表，要在四月底前提出。申請流程是要先把入社申請交給要加入社團的指導老師，老師用印之後，再交給導師。

但是我沒辦法決定要加入什麼社團，直接找導師商量後，可以延長到五月。羽澄好像也是同樣的狀況。

「那你們兩個，現在去社團指導老師那邊，請老師蓋章後拿給我。五點前啊，晚了要寫反省文，加油。」

「好——知道了。」

「有帶申請書嗎？沒帶的話有備用的。」

「啊，我有帶。」

「羽澄呢？」

被點到名，他終於開了口。

「……有。」

久違地聽到羽澄的聲音。

不高不低，既溫柔又澄澈，聽起來非常舒服的聲音。難得有這麼好聽的聲音，應該多說點話才對。

「這樣啊。那，我等你們，拜託囉。」

班導說完「去吧！」之後，重新轉回前方。

我開玩笑式的鞠躬說「我出發啦——」。

身旁的羽澄也輕輕點頭當招呼，然後飛快朝出入口走去。我也慌慌忙忙跟著追上去。

「報告完畢——。」

一離開教師辦公室，我立刻找羽澄說話。

「吶吶，你已經決定好要加入哪個社團了嗎？」

「……。」

我追到沉默著快步前進的他身側，繼續說。

「我啊，在猶豫是要加入攝影社、園藝社還是生物社就是了。」

「……。」

「啊，是說羽澄你去年是園藝社的對不對？園藝社怎麼樣？我記得有在花圃看過你澆過幾次水。」

一年級時我們雖然不同班，但因為體育課一起上課，所以莫名的就認得了臉和名字。我們班旁邊有花圃，見過幾次他早上或放學後的時間在打理花圃。

「運動社團回家應該會很晚吧，要是成績不好還有晨練，我不喜歡待在社團的時間這麼長啊。」

「……。」

「所以，想說園藝社的話應該很輕鬆很不錯吧，不知道怎麼樣——？」

唉，羽澄輕輕嘆了口氣。

光是有回應就很稀奇，我有點期待。但是，果然他就只是微微張了張嘴，之後就沒動了。

「吶吶，羽——澄——啊，為什麼我都這麼努力找你說話，你還是完全不回我呀？」

驚人的是，接下來他就端著感覺不到任何情緒碎片的側臉，突然開口說「其實……」。

雖然是自己主動開口，但我沒想過他真的會回答我，所以我嚇了一跳，停下腳步。

羽澄像是跟著我似的也停下腳步。然後，竟然，朝我轉了過來。

宛如夏夜般帶著涼意的纖長眼睛，直直的盯著我看，他說。

「其實我也是人魚的後裔。為了換取人類的腳，聲音被魔女奪走了，所以不會說話。」

這番意料之外的話，讓我瞬間停止動作。

「……蛤？你不是會說話嗎？」

我目瞪口呆地這麼回話，他用一種比我更傻眼的表情回答。

「……我是在配合妳，那不是妳的人設？怎麼反而妳一臉搞不清楚狀況的樣子……。」

他聳聳肩，嘆了口大氣。

之後我和他都沒有開口，所以變成一種奇怪的沉默。

就在我心急的想開口說點什麼的時候，他忽然說「我之前也……」。

「……覺得很輕鬆，所以加入了園藝社，但值班次數比想像得要多很麻煩，所以今年想加入不同的社團。」

他又說出我意料之外的話，所以我再次梗著說不出話來。沒想到他會這麼認真地回答我。

「……什麼啊。」

我啞口無言地盯著羽澄看。他輕皺眉頭，彷彿在說是你問我的，這什麼反應。我是第一次看到他露出這麼像人類的表情。

我們在走廊正中央沉默對看。幾秒後，我「啊——」的一聲開口。

「……不是，嗯，嗯嗯，原來如此原來如此，感謝！」

為了要填補這個意外造成的空白，我加大聲音。

「值班次數多也很討厭，還是選其他的吧！」

他靜靜地往前看，再度邁開腳步。我也和他並肩走了起來。

想著大概又會回到剛才那樣沉默的時間吧，出乎意料的，他再度開口。

「……暑假也必須來學校澆水、拔草幾次。其他還有很多……要我們做一些莫名的活動。一個人就可以做的還好，不過像三人一組、全員參加之類……總之常常要配合其他人，我覺得有點煩……綾瀨應該也不擅長這些才對？」

「欸？」

我再次驚訝得睜大眼，沒想到他會扯到我身上。

「欸——欸？不，沒這種……事。」

我硬是擠出些話，但他只是一直回望著我。

到了現在我才想，原來羽澄長這樣呀。因為他總是低著頭，不管跟他說什麼都被無視，所以連正面看他的機會都沒有。

雖然說出乎意料不太禮貌，不過他的眼睛很好看。儘管是我擅自想像，但我總覺得羽澄的眼睛會像黑夜深海一樣晦暗。可在我眼前的，卻是一雙宛如湖泊般清澈的瞳眸。

「……喔。」

他看起來沒什麼興趣的輕輕點了個頭。

「嗯。」

我回答的聲音，啞得不像話。

他澄澈的眼睛看著我。

覺得像看透到我心底深處似的。

我的背脊一陣刺麻。

「……不過，真的，那個！」

我是要擺脫這些般的，用高亢的聲音繼續。

「社團活動啊，好像有不加入就不知道的事情呢！像買彩券!?不打開的話就不知道那樣!?我啊，覺得社團活動少一點比較輕鬆，去年加入了天文社，平常都還好，但是偶~~爾晚上會在學校集合進行天文觀測，這點很麻煩啊，沒想到社團活動會弄到晚上，很麻煩吧。」

羽澄什麼都沒說，默默地看著我。大剌剌不加掩飾的視線，讓我心底莫名騷動起來。

「……不是，是沒什麼啦，晚上出門也是……嗯。但是，怎麼說，那——個……那個啊，跟平常不一樣的樂趣、大家的情緒都很那個吶……不，不一樣。」

怎麼辦，沒辦法好好說話。

明明平常絕不會這樣的，明明能隨心所欲開口的。

為什麼？被羽澄的眼睛看著，與他視線交會，喉嚨就像是被什麼東西緩緩扼住似的，語彙被拉進身體深處，無影無蹤。本應很拿手的隨口亂掰也說不出口。

我無意識地看向窗外，逃避他的視線。緩緩深呼吸。這麼一來就能一點一滴地恢復平常的狀態，像平常那樣說出話來。

「……天文觀測，雖然是在學校屋頂上用望遠鏡什麼的，但只有一台大家要輪流用，等待時間滿長的。接著便躺下來看星空，竟然竟然！有流星掉下來喔──！」

啊啊，很好很好，這是『我』。動搖的心情安定下來，我盡量張開雙手說。

「就算是天文觀測，也沒想到星星會掉下來對吧？我嚇了一大跳呢。而且啊那個，偏偏就掉在我正上方喔！咚──一下！真是嚇死人又很痛──！大概就手心大小很可愛，閃閃發亮非常漂亮，但全力直接撞在肚子上，超痛的都要有心靈創傷了。所以就不想再待在天文社了。因此今年想換個社團，哪個社團好呢……？」

劈哩啪啦講一堆沒意義也沒目的的話，講個沒完。

我鬆了口氣。沒問題，沒問題，我能好好說話。

羽澄沒有反應。但是，我已經不在意了。不去在意了。一轉過來，就又會跟那雙眼睛相遇。

「那就不要選園藝——還有攝影跟生物。要選哪個呀？會攝影什麼的話應該很帥，不然選攝影吧——。」

我一邊看著天空正中緩緩移動的雲朵一邊碎念，羽澄在我背後開口「那個啊」。我不由得轉頭，稍微避開目光。

「嗯——？什麼？」

「……妳有，相機嗎？」

「嗯？相機？沒有喔。」

然後羽澄突然從口袋裡拿出智慧型手機，開始進行某些操作。大概是有訊息進來吧。

小半晌後，他把智慧型手機的畫面對著我。

「欸，什麼什麼，可以看嗎？」

他微微點頭，我的視線挪到他手邊。

螢幕上是大型電商網站的頁面。商品圖是黑色的照相機。好像叫單眼相機？一個相當大的鏡頭從主機裡伸出來。

然後商品名稱下面標示金額。仔細一看，我不由得瘋了一樣叫出聲。

「……八、八萬!?」

「這個，是新手用的。」

「新手用的要八萬!?」

「好像是。」

「真、的、假、的!?」

他纖長的手指在螢幕上一滑，秀出排列相關商品的部分。八萬五千元，九萬八千元，最便宜的也要五萬元左右。

「貴爆！好貴！欸欸相機都這麼貴嗎!?」

「嗯。真糟糕。」

他像在講別人的事似的說。

我從智慧型手機抬起眼，瞟了瞟他的表情，他薄薄的脣角微微上揚。看來是在笑。宛如把人當白痴笑法的範本。

我再次低下頭。

「真——的假的……不，沒辦法沒辦法，沒辦法啦這真的沒辦法，一萬左右也沒辦法，買不起買不起。照相機啊——有夠誇張，好誇張喔好貴喔，相機。這麼說起來，沒有相機說不定就不能入社？」

「當然。就像沒有球鞋卻想加入籃球社？不可能的。」
「對欸，這麼說也是……那攝影社就不要了，這樣就是生物社了——。」
「太好了，妳決定好了。掰掰。」
羽澄說完就轉過身。我不由得「欸」的喊出來。
「欸欸，等一下等一下羽澄！」
我反射性的喊住他，他一臉煩躁的轉過頭。
「幹嘛？」
他一邊嘆了口大氣一邊說。
「羽澄已經決定要加入哪個社團了嗎？」
剛剛沒有得到答案的問題，我再問了一次。莫名的覺得這次好像會有答案。
他再度嘆了口大氣，然後開口。
「什麼都行。跟妳有關嗎？」
「不是，那個……。」
我腦中尚未成形的混沌思緒宛如漩渦轉個不停。
怎麼辦，我想都不想的叫住他，但該說什麼話才好？
不管怎麼想，都沒辦法順利說出話。就這樣半開著嘴，連自己都覺得不可思議的想著，我為什麼要叫住他啊？

羽澄看起來非常困擾，然後非常驚訝似的，一直盯著回望我。

看著他滿臉疑慮的臉，我再次覺得好稀奇。剛剛把我當白痴的笑容也好，總是面無表情的他表露出了這樣的感情，真的很新鮮。

說不定是因為我是開心的。不管怎麼搭話都無視我的他，第一次回答我了。對我的存在是有反應的。表情有所變化。所以無意識地叫住了他。

在我想著這些的時候，羽澄也一直沉默不語。不要不說話，跟我講點什麼比較好啊，我想，無視自己毫無計畫的行動。

這麼長的沉默，實在不舒服。很尷尬。坐立不安，心慌慌的。

『哇——看！UFO在飛！而且太陽在發綠光喔！』

我想講點這種話含糊帶過。然後裝傻說『開玩笑的啦，只是喊喊——嚇到啦？』這樣。

但我又想，這樣不行。如果我這麼做的話，總覺得好不容易讓我看見點反應的他，又會關起心門。

好不容易聯繫上的絲線，我不想在這裡切斷。

「……那個……。」

回過神來時，我已經說出連自己都沒想過的話。

「一起參加生物社吧。」

◆海總是無聊且憂鬱的

怎麼會變成這樣？

我又嘆了一次不知道第幾次的氣。

明明打算像沉入深海的鯨魚一樣，盡可能不要和其他人來往，不進行不必要的對話，就只是靜靜的、靜靜的度過每一天。可現在的狀況，總覺得是朝反方向全速前進。

雖說是自己的失態引發的結果，但我仍然無法接受這樣的發展，雖然沒有顯露在臉上，但我仍充滿困惑與不安。

無意識地，我再次嘆氣。

「常有人說，嘆氣的話幸福會逃走喔。」

走廊上走在我前面幾步的綾瀨，就著左側窗戶落進來的陽光照在她臉上的狀況如是說。

我想她是要指正我不要嘆氣吧，我滿心煩躁，她側著臉繼續對我說。

「不知道是誰說的呢，大概是沒嘆過氣的人吧，會有這種人嗎？」

出乎意料，我不由得盯著她看。一臉平淡的表情。

就是這個，我想。就是這個原因。在教室裡幾乎沒看過的表情。

『一起加入生物社吧。』

就在這個不知原因、不知目的的詭異邀請前，她露出和平常完全不一樣的表情。像在思考用詞，但是沒能順利想到適合的說法而焦急似地，露出有點勉強的笑，最後連笑容都消失了。平時的她明明老是嘿嘿笑著，反覆漫無目的、逃避對方似的隨便講講，但那時的態度完全不同。

覺得像她覆蓋全身的鱗片掉了一片下來，看到她藏在鱗片之下的一點點真面目似的，我失去正確的判斷力。平常我會無視她或立刻拒絕的，現在則有點僵硬。

她把我的沉默當作首肯，整個開心起來說『太好啦——那我們走吧』。

所以，我現在和綾瀨一起往生物教室走去。為什麼會變成這樣？我再次輕輕嘆了口氣。

一開始不小心回應她的話就是個錯誤。本來想像平常那樣繼續無視她的，可就因為她說想加入園藝社，便不像我自己的善心大發，我錯了。

沒想到在那個社團裡，竟然碰到個有活力到奇怪、幹勁滿到像溢出來、熱血過頭的同年級傢伙，有夠痛苦。本來打算當個只掛名的幽靈社員，但卻不小心錯失了慢慢消失的時機。想躲輪班的時候，被對方以『要是沒有所有社員的愛，就不能好好的培育植物！』這種無法理解的主張為由強制算進去，用『聽說要是給花聽音樂的話會開得很漂亮，大家一起唱歌吧！』這種不知道哪裡來的資訊，要我們模仿合唱團——提議可以播放古典音樂CD，卻被對方毫無根據地認定現場聲音一定更好直接否定——而且周圍的人都開心的加入，對毫無團隊合作能力的我來說，那樣的社團活動只有痛苦。

因此我想，這種社團對跟我不同方向、與周圍格格不入的綾瀨而言，應該也不太適合，就開口勸了她一句不要選園藝社比較好。

以此為契機，對話持續拖長，即使從那時候就被她異於平常的表情搞得不對勁，最後甚至接受她的邀請參加同一個社團，真是一輩子的錯誤。

「生物社的指導老師，應該是沼田老師。」

我憂鬱源頭的綾瀨不知何時恢復了平常的樣子，不等我回應就繼續說下去。

「羽澄你喜歡沼田老師嗎？」

我持續沉默，當作對這種狀況溫和的抵抗。

我對老師沒有特別的好惡，怎樣都行。只要好好的、適當的上課，傳達給我所需的最低資訊量，我就覺得沒什麼問題。並不是喜歡、不喜歡這種個人且主觀的評價對象。不過，我覺得明明沒拜託，卻多管閒事問「為什麼不跟朋友說話呢」的老師很煩。

「我滿喜歡沼田老師的，沒什麼幹勁的感覺很不錯啊。」

我明明一句話沒答，綾瀨卻一如往常不在意的繼續開口。

覺得她真的很奇怪之後，不，不是，我重新思考。

她本來就沒有期待對方會回應她。雖然看起來像在跟人說話，但其實幾乎都是她自言自語。我不知道為什麼就是了。

綾瀨這個人，打從一開始就有很多難以理解的行動。

四月的開學日，在班會課上自我介紹的時候。

『我叫綾瀨水月。跟大家說一個祕密，我是傳說中人魚的後裔。』

在大家說的都是隸屬的社團或興趣一類的話當中，她做了這種難以理解的自我介紹。包括導師，教室裡的所有人都啞口無言，睜大眼睛看著她。我也懷疑是不是自己聽錯了，瞟了她一眼。

『因為是人魚，當然不習慣陸地生活，雖然已經走得很好，但跑步還有些不拿手，還有因為拿歌聲和魔女換人類的腳，所以也沒辦法唱歌，請不要在意。』

這麼一來，她從入學第一天就被貼上了『有中二病的礙眼女』的標籤。

無法理解的奇怪行為並不只那天。總是笑口常開但笑到不自然，一開口盡是誇張至極的廢話，屢屢真的跛著腳走給人看，誇張的摔倒後自己大笑起來，故意讓人困擾，對方生氣的時候仍然只是嘿嘿笑著道歉，讓人神經斷線。

她立刻被追加上了『說謊愛演女』的標籤，班上的人疏遠她，常聽到有人在背後偷偷說她壞話，說得很難聽。

但是，看到她沒確認我的反應，一個人自顧自講話的模樣，怎麼想都不覺得是『想博得他人注意而說謊』，反而甚至有種不想讓人注意到的感覺。

若是如此，那她為什麼要一直說謊？背後難道有什麼祕密？

莫名有種非常不好的預感。要是跟這種難以理解的人參加同一個社團，搞不好會被捲進什麼麻煩事裡。

「……我還是參加其他社團好了。」

我停下腳步，對著她走在前面的背影說。

她一臉驚訝的轉過頭，叫著「欸——現在才說，為什麼!?」

「……我不喜歡生物。」

即便覺得自己沒有解釋的義務，可都默默走到這裡了，一聲不吭轉身就跑也不太好意思，乾脆隨便說點什麼帶過去吧。

她不滿的嘟起嘴。

「但你去年也不喜歡種花種草，還是加入園藝社啦？那今年不也是一樣加入不喜歡的社團嗎？」

我被她一句話梗住，結果她越說越多。

「話說，昨天校外教學的時候，你不是用非常熱情的視線看向鯨魚嗎？明明大家都說很臭然後跑去玩砂什麼的，結果只有你一直近距離觀察鯨魚對吧？這不救代表你喜歡生物嗎？你絕對適合生物社的啦！」

我並不是因為喜歡鯨魚所以看著它，單純只是發出臭味的巨大屍體不多見，所以稍微走近一點看，之後就茫然地發呆，如此而已。

再加上生物社輪值好像會比園藝社要多。植物只要下雨就不用澆水，但動物沒辦法。不過我也不清楚生物社裡究竟會養什麼動物就是了。

那麼，該怎麼突破眼前的難關？無視她直接走人？就在我起心動念時，綾瀨突然低語般地說「……那個啊」。

我不由得抬起眼。

「其實我……生病了。」

突如其來的奇怪話題讓我「蛤？」了一聲，但硬是閉上了嘴。

她露出像畫裡描繪的沉痛表情。我猜不出她真實的想法，沉默的回望著她。

「……生病了。」

她重複一次。然後瞟了瞟我，觀察我的表情。這是要我有點什麼回應的意思嗎？

「生病了。」

她第三次催促，我無可奈何地回問。

「生病是指？」

綾瀨一副正合我意的樣子，滿意的笑了，高聲說「其實啊」。

「這種病叫作人魚病，那個，因為我是人魚公主的後裔啊。只有流著人魚血脈的人類才會得到的疾病，所以我想你應該不熟悉，或是不知道這種病吧？大概。但是啊，真的有這種疾病喔。然後啊，我得了人魚病，所以只剩四個月的生命。四個月之後就會死去。所以希望你聽聽我的願望。」

「……唉。」

我沒力的一嘆。

儘管知道她是個能像呼吸般隨口扯謊的人，但沒想到她會說這麼荒唐、沒有根據，而且這麼差勁的謊話。

偏要拿死亡撒謊，怎麼想都不適當。雖然我本來就對她不期不待，可還是湧起真是小看了她的心情。

綾瀨或許是哪裡的小說或電影看多了。時日無多、天真爛漫的女孩，把一個不善與人交際的彆扭男孩捲入自己的生活中搞得團團轉，是想利用我，把這種幾十年前就在用的老橋段變成現實嗎？

不過可惜的是，我並不是會滿足別人妄想的好好先生。希望她去找別人。我想找找應該會有一、兩個溫柔的陪她團團轉，心地善良的怪咖吧。

「……保重身體。」

我說完轉身就走。

「等一下！」

她立刻喊住我。我沒理她開始邁出腳步，但一陣啪嗒啪嗒、慌慌張張的腳步聲追了上來。

「吶吶，欸！羽──澄──！」

煩死了。為什麼要纏著我，甚至刻意說些明顯的謊話呢。

我完全不懂她在想什麼，雖然也沒特別想了解。

「一起加入社團嘛──。」

即使如此我依然無視她繼續走，就在這時候，背後突然傳來「嗚嗚」的呻吟聲。我不由得轉回頭。

綾瀨深深低下頭。從垂下的瀏海下，我看見她緊咬的嘴脣。

那脣瓣，開始微微顫動。

「……分。」

微弱到幾乎聽不見的沙啞聲音。

我「欸？」一聲反問，她就這樣低著頭，雙手摀著自己的臉。

「好過分……。」

聲音從她纖細的指縫間，宛如淚水般落下。

「羽澄，好過分……。」

這個聲音，是幾乎不會有任何懷疑的，脆弱而顫抖。

「明明我是個來日無多的弱女子，一生一次、第一次也是最後一次的願望，你也不願意聽……。」

嗚嗚的嗚咽聲傳了過來。

這瞬間，我反射性的說了「抱歉」。

我並沒有想要道歉的意思。只是她約我加入同一個社團，我不想加入所以拒絕而已。自己並沒有做什麼過分的事。

我當然知道什麼生命只剩四個月是她擅長的謊言，這個哭音和嗚咽也是假哭。不過，即便如此，看她哭成這樣，我還是忍不住想道歉。大概是從小養成的習慣使然。

「都說抱歉了……有什麼好哭的？」

我覺得很困擾，或是很傻眼，想著總之先做點什麼應付一下眼前的眼淚而接連道歉。

「妳不要哭……答應妳就是了。」

沒多思考就說出這種話之後，糟糕，我想。

說得太過頭了。因為是平常的習慣，所以沒過腦就脫口而出。是自己也沒辦法控制的壞習慣。

但是，再怎麼後悔也為時已晚。

在聽到我回話的的瞬間，綾瀨抬起頭。想也知道當然一滴淚光都沒有的眼睛開心地瞇起。

「你肯答應我？那，一起加入生物社吧。」

我嘆了口大氣的同時垂下肩膀。

演變成這樣就沒辦法了。總之先去指導老師那邊談一談，然後說還是不入社了。如果不被允許，這次就堅定地當個幽靈社員。

懷著這樣的決心，我像是被拖著走似的，目的地是第二校舍的最高一層。

杳無人煙、昏暗而滿是塵埃的走廊盡頭，是生物教室。

「沼田老師，您在嗎？」

綾瀨一邊開門一邊說。但是，教室裡一個人都沒有。

「啊咧，不在啊。是有會議嗎？」

「老師不在的話今天之內也拿不到老師用印所以無法加入生物社了吧。那我就先走了。」

我不帶感情的說完忙著要走，她緊緊抓住我的手腕。

冰涼的手。對了，因為是人魚所以很冷？我瞬間冒出這個念頭，然後被自己的想法搞得啞口無言。

「等一下！要是在這裡放棄，比賽就結束了！」

她一點都不尷尬的說著已經講爛的句子，緊緊拉著我把我扯進教室。

與自己的意願相反，被她牽著鼻子走。不祥的預感逐漸變成現實。

「是說羽澄你記得嗎？介紹社團活動的時候，說過生物社每天都有活動。所以老師大概只是有事去了別的地方而已喔。我們在這裡等就好。」

「……唉。」

我不由自主再次嘆了口氣。我知道綾瀨是個怪人，但沒想到是這麼強勢又麻煩的人。

隨便了啦，在我想擺爛的時候，她指著窗戶「哇」地喊了聲。

「羽澄你看你看！有魚缸！平常沒放在那裡對吧。是什麼呢，青鱂魚嗎？」

我無可奈何地看過去，窗邊的長桌上，放著一個大約可以放在雙手手掌上的正方形小魚缸。她就這樣拉著我的手腕往窗邊去。

「啊，不是青鱂魚啊，是某種藍色的魚。好漂亮喔——！這是熱帶魚吧？」在蹲下來看魚缸的綾瀨身旁，我也微微彎腰，觀察魚缸裡的魚。

像能用雙手完全包覆住的魚，是沒見過的藍色——像是用沒稀釋的藍色顏料塗抹上去的顏色。

比群青更深，似乎叫作琉璃色？像夜晚海洋一般的深藍色。的確是會讓人睜大眼睛的美。

「哇——越看越漂亮。沒看過顏色這麼漂亮的魚。」

「……明明是人魚，好像對魚不太了解啊。」

我諷刺地說完，綾瀨就氣鼓鼓地嘟起嘴。她為了要看我而仰起頭的時候，長長的頭髮發出唰唰的聲音。

「雖然是人魚，但我只認識這一帶的海啊。這一帶沒有這種顏色的魚吧。」

的確，和在這城鎮海洋中游泳的普通灰色魚類完全不同，這魚給人豪華又鮮豔的印象，感覺完全是觀賞用的魚。

「而且，不僅是顏色，外型也不同。尾鰭好大喔。」

她的話，讓我也看向魚鰭。

像在海中漂浮的面紗般緩緩搖蕩的圓圓尾鰭，很有分量的延伸出去，看起來比魚的身體還要大。
和美麗的藍色相稱，宛如中世紀歐洲貴族的洋裝般，給人高貴而優雅的印象。
我莫名想像，如果真的有人魚的話，牠游泳的姿態大概就是這個模樣。
「這個，叫作BETTA。」
突然有個聲音從頭上傳來，我們同時抬起頭。總是穿著白色衣服的沼田老師站在我們背後。
「BETTA嗎？」
綾瀨反問，老師點點頭。
「對，BETTA。也有人叫牠鬥魚，是熱帶魚喔。」
「喔——我第一次聽到這個名字。」
「嗯，因為牠沒有孔雀魚或天使魚這麼有名啊。這魚的種類正確來說，叫『皇家藍滿月展示級鬥魚』。」
「連名字都好漂亮！我是第一次看到這麼藍的魚，覺得很稀奇在觀察。」
「這樣啊這樣啊，想看就盡量看。」
在我呆呆地看著對人類的喧囂視而不見，優雅搖晃著魚鰭的魚時，黑板旁邊與準備室相連的門忽然開了。
「啊咧，羽澄和綾瀨？這不是羽澄和綾瀨嗎！」

聽到更大的聲音所以轉頭回去一看，後藤朝我們這個方向走了過來。我偷偷低下頭，又出現一個麻煩的傢伙了。

「什麼什麼什麼，你們要加入我們社團喔？」

「啊嗯，後藤你是生物社的嗎？」

綾瀨回應後，後藤滿臉笑意地點頭。

「是喔，我去年開始就一直是生物社的。」

「那我跟羽澄之後就請你多多照顧了唷。」

明明連入社申請書都還沒交，她就像事情已經決定好了似地說。

「這樣啊，你們是想加入社團的呀。我們的社員太少，可說是個瀕死社團，所以大大歡迎喔——。」

連老師都這麼說，對想要趁隙逃走的我而言，有種障礙被一一掃平般絕望的心情。

「老師，話說回來，皇家藍真的是很帥的名字耶。」

綾瀨的視線轉回魚缸如是說。

「啊啊，很漂亮的藍色對不對，這是牠名字的由來。」

老師一臉非常滿足而自豪地笑著點頭。

「藍色系的鬥魚多半會摻雜一點紅色，但這條魚，全身上下是完全的藍。所以是皇家藍。

然後，所謂的滿月，是指尾鰭、背鰭很大，像是滿月一樣圓圓地伸展。」

這時候後藤舉手插話「老師老師！」。

「鬥魚應該是那個吧，可以養在杯子或玻璃瓶裡，所以非常好養，適合新手入門對吧？」

「啊——沒有喔。」，老師歪歪頭說。

「那大概是指傳統的鬥魚吧。這孩子是展示級鬥魚，種類有點不同。展示級鬥魚是為了在競賽中比美而改良的品種，沒有傳統鬥魚這麼強壯，所以必須注意水質，養在杯子裡也不太好。水太少的話容易髒啊。話說回來，牠並不是需要游來游去的魚，所以太大的魚缸會讓牠們不安而有壓力，這個大小的魚缸正好。是水族用品店店員的說法就是了。」

「欸欸，原來如此原來如此。」

「鬥魚的呼吸器官發達，甚至能用口吸取空氣。所以不像其他熱帶魚那樣需要打入氧氣，不是不能養在杯子裡。從這一點來看的確算簡單，新手也很容易開始養，但也只是可以養而已，在這麼狹小的地方也太可憐了吧。」

「欸——原來如此原來如此原來如此——用口呼吸啊——。」

後藤誇張地數度點頭。

「唉啊——活著的生物真的很深奧啊真的，知道的越多，每個都更有趣，有更多發展啊，這是生物多樣性喔，超厲害的。」

只要是動物的話題，他的話就停不住。幾乎是不用換氣似的，進入下一個問題。
「然後啊老師，這個魚鰭又大又漂亮果然是因為那個吧，像公孔雀的裝飾尾羽一樣，是為了對母孔雀求偶用的嗎？」
「不是，鬥魚大張尾鰭，主要是為了威嚇敵人。」
我在心中偷偷反覆思考。
有著與小小身體不相稱的巨大魚鰭，讓自己看起來很大，是為了掣肘周圍的事物吧。
看著魚為了保護自己的地盤而拚命威嚇的模樣，想到人類卻醉心於這樣的美麗，就覺得魚好可憐。
「魚缸裡只有這條魚不會很寂寞嗎？放其他魚進去牠應該會很開心吧？」
綾瀨突然低語。老師搖頭說「不會」。
「不會，只有一隻比較好。因為鬥魚是地盤意識很強、脾氣又不好的魚。若有其他的魚入侵自己的地盤，牠會激烈威嚇、攻擊喔。特別是公鬥魚，要是放在同一個魚缸裡，會持續鬥到其中一方死亡。所以稱之為『鬥魚』。因此基本上都是單獨飼養的喔。附帶一說，母鬥魚沒有公鬥魚這麼有地盤意識，魚鰭又比公魚短小，所以可以跟其他魚類混養。」
「呃……明明外表那麼漂亮，脾氣卻很糟？」
「畢竟外表和性格不一定相符。人類也一樣，也有周圍的人怎麼看和本人內心所想完全不同的狀況。」

老師輕笑著說，綾瀨嘿嘿笑著「說得也是——」。

「不過，熱帶魚為什麼顏色這麼鮮豔呢。紅、黃、藍、霓虹色、白黑色條紋、圓點、像尼莫一樣的橘黑色相間，真的很繽紛。大家這麼顯眼，會立刻被敵人發現吃掉吧，很危險啊。」

「嗯，一般說來是這樣沒錯。不過妳看，熱帶的海洋中有珊瑚礁，色彩非常鮮豔，所以為了不被捕食者發現而藏身在珊瑚礁間的生物，鮮亮的顏色跟花紋就變成一種保護色和偽裝，不這麼引人注意了。」

「啊——這麼說起來好像是欸。」

一邊用力點頭一邊應和的綾瀨，重新面向魚缸，然後輕輕地把手放在玻璃上，目不轉睛地盯著魚看，自言自語般小聲地說。

「……大家一邊拚命地想著不死的方法，一邊盡可能努力的活下去啊……。」

或許老師跟後藤沒有聽到。我雖然聽見了，但什麼都沒說。

「那麼——來喝咖啡吧。」

老師一邊稍微伸展身體一邊說，走進準備室。然後一下子探出頭對我們說：

「大家來這邊喔——。」

為什麼要在準備室喊我們？我不懂他有什麼目的，在我皺著眉不由得歪頭表示疑惑時，後藤好像察覺到似的開口說「啊，對了對了」。

「社團活動的時候，沼田老師都會泡咖啡。」

感覺是頗親切的老師。我微微點頭，趁機問了最想知道的事情。

「社員大概有多少人？」

「多少啊？大概，二、三十個人吧？好像有登記，但社團活動時間都沒有人來，一直都只有我一個人。」

「喔……。」

在我們一邊聊一邊要走進準備室時，我忽然發現綾瀨沒有跟上來。

我覺得奇怪地轉頭一看，她還坐在魚缸前面看著那條藍色的魚。

綾瀨，我雖然想喊她，還是放棄了。

「在那邊隨便坐吧。」

老師站在屋子角落的水槽前，一邊轉著磨豆機的把手，一邊用下顎示意放著陳舊桌椅組的位置。磨咖啡豆的喀哩喀哩聲音清脆舒暢地迴盪。

我雖然回答「謝謝」，但沒有想要走進屋子裡，而是站在入口附近。小聲地問熟門熟路坐在沙發上的後藤。

「後藤你平常一個人在這裡都做什麼啊？」

「該怎麼說啊嗯，自由？老師說做想做的事情就好，所以我就做自己喜歡的事。像是用那台電視看書架上的教材ＤＶＤ，讀自己帶來的喜歡的書。」

他一邊回答，一邊從書包裡拿出書來開始看，我無事可做，無聊的到處看，最後視線落在正在泡咖啡的老師手邊。

老師將磨好的咖啡豆移到濾杯中，仔細、緩慢地倒入熱水。屋裡充滿了從落在底壺中琥珀色的液體中蒸騰出的香氣，輕輕地刺激著鼻腔。

「是說羽澄，你知道我的名字啊。」

後藤突然這麼說。我稍微轉回視線。

「……嗯啊，同班嘛。」

「這樣啊這樣啊——第一次跟你聊天，總覺得有點感動。」

我不知道該怎麼回，稍微頓了一下才回話。

「……因為你總是說些難以回答的話，我不知道該怎麼回。」

「好了！」這時老師正好遞了裝好咖啡的杯子過來，所以我說「謝謝」接了過來。有點猶豫的，在屋子角落的摺疊椅上落座。我不擅長融入團體。

「老師，我有一個問題！」

大概是觀察熱帶魚觀察到心滿意足了，終於進屋裡來的綾瀨，有精神到過頭的喊老師。

「喔喔，什麼事？」

「多久會輪值一次照顧熱帶魚？」

這個我也想知道。如果參加社團活動的社員很少的話，搞不好一週會要輪值好幾次，這樣會很困擾。

而後老師「啊？」了一聲，露出不高興的表情。

「輪班照顧？我不會讓你們做。如果做不好讓魚生病的話，問題就大了。再說這孩子並不是為了上課或社團活動養的，而是我重要的家人，不要隨便餵牠飼料喔。」

聽到老師意料之外的熱情發言，綾瀨張大眼睛道歉說「欸，是的，對不起」。後藤覺得有趣地笑著說。

「老師偶爾會帶這孩子來，我沒有養過熱帶魚，一開始有拜託過老師讓我養養看，被斷然拒絕喔。之後就被警戒了，啊——有關種類啊特性啊的內容，我也是今天第一次聽到。」

老師發完咖啡後在後藤旁邊的位置落座，有些不豫地說「這是當然的吧」。

「你想像一下。你長大之後有了女兒，有個不知道哪來的陌生男人一臉興致勃勃的靠過來說『我可以餵你女兒吃飯嗎？』、『我幫你女兒打掃房間好不好』一類的話，你怎麼想？也不會想告訴對方關於女兒的事情吧。但我也想炫耀一下可愛的女兒，如果有適合興趣又相投的人，我也想聊聊女兒。我的心情大概就是這種感覺。」

「欸，但這孩子不是公的嗎？」
「比喻啦。我只是想說我像愛女兒一樣溺愛牠而已。」
「照顧熱帶魚這麼困難嗎？」
綾瀨一問，老師大幅度點頭說「是的」。
「管理水質，調節水溫，飼料的餵養頻率和數量，有許多需要注意的地方唷。」
「喔喔，具體來說是哪些呢。」
「沒有定期換水的話水會髒，但太常換水又會造成壓力，由於是熱帶的魚，因此要注意不能讓水溫下降太快。還有，因為基本上是不太動的魚，所以要注意不要給太多飼料。」
「哇——的確很辛苦欸。」
「對外行人而言負擔很重，所以不會讓你們做。照顧這孩子的只有我。」
沼田老師平常並不是話多的人，但一講到魚的話題，就變得說話快又饒舌，真讓人傻眼。有種類似後藤的感覺。
明明上課的時候只說最低限度的必要話語，看起來沒什麼幹勁，有種懶洋洋的氛圍，但講到自己疼愛的魚類，那模樣宛如換了個人。
「我了解了。話說回來，有砂糖和牛奶嗎？」
綾瀨詢問，老師直接說「我是黑咖啡派」。即使有泡咖啡給學生的溫柔，好像沒有刻意幫學生準備砂糖和牛奶的打算。真是怪怪的老師。

我一點一點抿著熱咖啡，靜靜地凝視著自成一國的三個人。

綾瀨、後藤、沼田老師。有說謊癖的獨行俠，生物發燒友的男同學，以及溺愛熱帶魚的老師。都是些奇怪的人。

在我呆呆地想著這些時，聽見放在沙發邊角的書包裡傳來手機震動的聲音。

我慌忙拿出手機確認螢幕畫面。未接來電十通，留言四通，訊息二十條。

全是母親打來的。

『你還沒回家嗎？』

『已經超過五點了喔。』

『小想，你沒事嗎？』

『發生什麼事了？』

『我非常擔心，快回訊息。』

『發生什麼事了？要不要報警？』

我的慌忙更甚，手忙腳亂輸入回覆。

『抱歉，手機放書包裡沒注意到，我沒事，放心。』

按下送出的同時，訊息標示已讀。

『有個今天一定要交的書面資料，所以稍微晚了一點。我現在就回家。』

我再追加了一句送出，也是瞬間已讀。然後大概十秒左右就收到『太好了！』的回覆。

呼，我喘了口氣收起手機，一口喝乾咖啡。

其他三個人在說話，所以我靜靜地站了起來，手靠在窗邊的扶手上。

看得見海。海風吹拂臉頰。聞到海岸的味道。

若是跟從內陸來的人說自己住在海邊，說不定會聽見『好羨慕』、『真憧憬』一類的話。

說到海邊的小鎮，是文學作品或電視電影中必定會出現的場景。在那樣的作品中，經常有在萬里晴空之下，看著被太陽照的閃閃發亮的藍色海洋，晚上一邊吹著清爽的海風一邊在簷廊上乘涼，在庭院裡放煙火，以海為背景開心且幸福的橋段。

又或是有人會想到有錢人在別墅優雅過暑假，或是一堆年輕人享受衝浪、烤肉的海岸。

不過現實完全不同。或許有像電影裡面一樣的海邊城市，但至少就我所在的城鎮，完全不是這麼回事。

海總是無聊且憂鬱的。

骯髒、腥臭、吵鬧。太陽反射在海洋跟沙灘上，讓夏天炎熱非常，到了冬天則是颳著什麼都能吹跑似的強風。住在海邊，可說沒有半點好處。

我，怎麼樣都無法喜歡自己出生成長的城鎮。

SAYONARA USOTSUKI
NINGYO HIME

二章 人魚之歌

◇歌聲在海的另一邊

早上醒來，我總是躺在床上，看著右邊窗外的模樣。

眺望天空，緩緩呼吸，這麼一來就能湧起起床的力氣。

今天的天空是驚人的純白。像是用白色顏料塗上去似的，看不見天空的藍、太陽的模樣、雲的影子，真的是整片的白。

我瞬間陷入是不是發生天地異變，天空不見了的錯覺；我輕搖還沒睡醒的頭，這是不可能的。

我起身站在窗邊，仔細一看，不過是薄薄的雲延伸整個天空而已。雖然腦子能理解，但還是陷入一種整個地球被白色的圖畫紙包住的感覺。

我嗯——的伸個懶腰，走出房間，在洗手間做最簡單的梳洗。洗面乳老早就空了，所以用清水洗臉，溼答答的手摸摸亂蓬蓬的頭髮，刷牙，在制服胸口隨便打了個蝴蝶結。

小時候爸媽沒教我怎麼打蝴蝶結，到現在都很不會打。

走向玄關途中經過客廳。屋子一如往常凌亂。

肚子發出咕嚕嚕的聲音。

走進廚房，帶著一絲希望打開電鍋，裡頭是不知道什麼時候煮的、已經乾硬變黃的飯，所以放棄。稍微翻了一下滿是空泡麵碗的流理台，沒有可以吃的食物。找到的麵包，也是超過保存期限兩週前的東西了。

看看客廳，媽躺在到處放著脫下來衣服的沙發上。昨天好像也是半夜才回來，說不定還在睡。

「……早安，媽，妳起床了嗎？」

我用如果媽還在睡也不會吵醒她的音量說話。

沒有回應。沒有反應。

「我出門了……。」

雖說媽還在睡，我說這些也沒有意義，但曾經有覺得沒意義就默默出門，結果她其實醒著，非常生氣的說連跟媽媽打招呼都不會嗎，所以不管怎樣我每天都會出聲招呼。

然後媽小小的身軀動了，對我的聲音有反應。啊，果然醒著啊，我鬆了口氣，幸好有打招呼。

「……嗯——水月，要出門了嗎？」

「啊，嗯。」

媽一下子起身，伸了伸懶腰。然後站起身朝我這邊走來。

她迅速伸出手，我下意識的一驚，倏地發起抖。但是，媽的手只是輕輕摸摸我的頭。

「真了不起，路上小心喔。」

「啊，嗯，謝謝。」

媽滿眼惺忪地笑著。

「有這樣的好女兒，我真是幸福的人啊——。」

她呵呵笑著走進洗手間。我呼地吐了口氣。

媽心情很好，我有種鬆口氣的感覺。

最近媽好像交了新男朋友。上禮拜，她一回到家就抱著我，十分開心地跟我報備「我交男朋友囉——」。媽說，因為年紀比她小有點狂，但是很可愛喔。

有了男朋友後，媽的心情變得非常好，笑容也變多了。這麼一來我的生活也會改變，一口氣穩定下來……算了，分手之後同樣也會有點慘烈，說不定是正負相抵吧。

「那，我出門了。」

我再次打招呼後走出家門，騎著停在停車場角落滿是鏽斑的自行車，朝著學校相反的方向前進。為了要去車站附近二十四小時營業的超市買食物。

錢包裡只有六百五十元。然後還得撐十天。

買了兩個三十元一顆的便宜小蒸包。其中一個我一邊吃一邊跨上腳踏車，另一個就當作午餐。

過了車站前，我再次經過我家所在的公寓，接著準備騎三十分鐘以上的腳踏車到學校。即便搭電車十分鐘就能到，不過定期票太貴，所以只能放棄。儘管下雨時會很辛苦，但也是沒辦法的事。

到了學校附近，穿著同樣制服的高中生變多了。

發現從車站往學校走的同班女生身影，我一邊超車，一邊咳兩聲後很有精神地說「早安——！」。起床之後第一次發出這麼大的聲音，喉嚨還沒準備好，聲音有點啞。

我沒有需要勉強放慢腳踏車速度說話的好朋友，所以就這樣騎過去。也不知道有沒有人回應我。

被大家討厭的我，即使主動打招呼，會好好回應跟不回的比率大概五五開。溫順規矩的同學們雖然會覺得有些困惑，但總之會跟我說「早安」。活潑的同學們認定我是『可以看不起的傢伙』，所以會嫌我「煩死了——」、「一大早嗓門就這麼大」，或是瞟一眼後無視我。

算啦，要是班上有我這種人存在的話，我自己一定也會覺得「真是個麻煩的傢伙」，光是有反應就不錯了。

雖然也不一定非要跟班上的人打好關係，但我不想被無視、被當成空氣對待，被當成霸凌的對象。所以就算他們覺得我很煩，我還是會主動去接觸他們。

就像是不會察言觀色，一邊搖著尾巴一邊湊上去的野狗一樣，絕對不可愛，但牠要在那裡，也不用非得打牠、把牠趕走這樣的感覺吧。

到了學校，我一邊打開教室的門一邊大聲地說「早安——！」。一如往常此起彼落的都是「綾瀨煩死了——」的聲音。但是，總比被無視要好得多。

「松井同學，早安！」

我接著打招呼的對象，是正在和閨密開心聊天的松井同學。人漂亮又氣場強大的她，是班上女生的領導者，連男生都敬她三分，就像女王大人一樣。所以我每天一定都會跟她打招呼。總覺得要是被她盯上就完了。

松井同學梳整了一下她漂亮的黑髮後瞥了我一眼，就像盡義務似的一邊說「早」一邊挪回視線。像在看路邊石頭一樣毫不關心的眼神。

我一邊在心中低語我是不可愛的野狗，一邊跟附近的人打招呼，往自己的座位走去。

「羽澄，早安。」

我把書包放在桌上，對著已經在前座坐好，把教材放進抽屜中的羽澄背影打招呼。一如往常毫無反應。

「吶吶，今天早上小考考什麼？古典文學？數學？」

當然沒回應。

加入生物社大約一個月左右。在社團活動時，跟他說話還會多少講兩句，但在教室裡就堅決地無視我。我不知道為什麼，或許是不想在同學面前跟我說話吧。

「吶吶，今天開始要練合唱了欸。我超不會唱歌的，好憂鬱喔——。」

「……。」

「羽澄應該很會唱歌吧？常在聽音樂。」

「……。」

他就這樣一句話也沒說，開始趴在桌上休息。大概是裝睡。但是，我感受到不要再跟我說話了的無言壓力，我呼地吐了口氣，閉上嘴。

即使如此，學校的一天為什麼這麼漫長呢？

感覺每一節課都像兩、三個小時那麼長。像是「明明體感時間已經過完上午，不過實際上才第三節課」的時候，時間流逝的緩慢就像地獄一樣。

但是，上課的時候還可以，問題在下課休息時間和午休。我雖然沒有可以總是一起行動的超級好朋友，但如果下課休息時間一個人坐在位子上的話，就沒有辦法成為『不可愛的野狗』。我會去聽周圍女生小團體聊天的內容，在適當的時機笑出來或應和，表現出並非對別人漠不關心，是有心想和大家打好關係的。換教室的時候，不會比其他人早或晚，就跟在某個小團體後面。午休的時候也是，雖然沒有加入任何一個小團體，坐在自己位置上吃飯，但還是會注意周遭的對話。儘管很辛苦，可這是為了在班上好過一點必要的努力。

想辦法熬過了上課跟下課休息時間，第五節課終於結束了。

第六節是班會。預計今天開始練習下個月學校要舉辦的合唱大賽。我真的很不擅長唱歌，心情沉重。

桌椅全部收到教室後端，我們分成不同聲部。我是女低音部。在黑板左側集合，以聲部首席為中心圍成半圓形。

「那麼，我們趕快來合一下。」

在首席的指揮下，三、二、一，大家開始演唱。

我沒有發出聲音，只有做出口形，但是為了看起來像是有在好好唱，我配合著節奏搖擺身體。

可是，我旁邊的女孩子瞟了我幾眼。應該是我沒唱出聲音的事情被發現了。我不在意的面向前方繼續做出在唱歌的樣子。

這時候，注意到她動作的首席停下指揮。

「什麼，怎麼了？」

「不是，綾瀨同學她應該是對嘴。」

「蛤？真的假的？」

大家全部看向我。我抓抓頭說「欸嘿嘿，被發現了嗎？」

「不要開玩笑了，好好唱啊！」

首席瞪著我。其他女孩子也一臉不滿地看向我。

「怎麼了，有什麼問題嗎？」

輪流去看各個聲部的班導注意到我們這邊的狀況靠了過來。然後我旁邊的女孩子立刻舉手說「老師——！」

「綾瀨同學沒唱出聲——在混——。」

「什麼？喂綾瀨……。」

我打斷老師的話似的大動作舉手。

「因為我是人魚，把美麗的歌聲給了魔女，換取人類的雙腳，現在在海的另一邊魔女一定在代替我唱歌，因此我沒辦法唱，對不起——！」

我玩笑式的說完，大家猛翻白眼，紛紛開始責備我。

「綾瀨妳真的很煩！」

「這不是開玩笑的地方吧？」

「愛演也要有個限度。」

「至少這種時候認真點啊！」

深切感受到自己被討厭，算了這也是我自作自受。這麼一想後嘴角不由自主向上，結果就更加惹人厭了。

「啊——好了好了，不要吵架不要吵架。」

老師開口阻止，說「總之再合一次看看，老師也會聽」。

大家一臉不情願的樣子再度排好。

「綾瀨也要好好唱喔。」

「我盡量努力！」

我一邊拍拍胸脯回答，一邊瞟了瞟男生那邊幾眼。

背對我的羽澄，單獨一個人站在離男生團體有點距離的地方，一副怎麼看都心不在焉的樣子，呆呆地望向時鐘。

不過，大多數男生本來對此就比女生沒幹勁，並沒有要責備羽澄的意思。

好好喔，我在心裡低語。這種時候就覺得當男生真好。女生比男生更重視『大家都要一樣』，所以我這種人不管怎麼做都很顯眼。

到國中為止，但凡這種時候不管怎樣我都努力地做出『和大家一樣』的舉動。因為覺得這樣應該會比較好過。

不過由於知道自己實在沒辦法，因此就不這麼做了。因為沒辦法和大家一樣，所以就變成想出掩飾沒辦法和大家一樣的辦法。

這一點，我覺得羽澄很厲害。他既不跟大家一樣，也不去掩飾自己的不同。換教室也好、午餐時間也好，他一直都是光明正大一個人過的。就是所謂走自己的路的人吧。附帶一說，我想後藤是沒發現自己和周圍的人不同。

我沒辦法像他們做得那麼好，只能靠掩飾蒙混生存。雖然很累。因為很累——。

「那，開始囉。綾瀨同學，要好好唱唷。」

「啊，好——！我會盡自己所能唱的——。」

配合倒數大家開始唱歌。我也張開口，發出聲音。可是，一想到這是歌的瞬間，我的喉嚨就像被緊緊扼住似的發不出聲音。

不行，果然唱不出來。

無可奈何之下，我跟剛剛一樣左右搖擺身體，張大嘴巴，做出在唱歌的樣子。

大家大概發現了，但沒有人再多說什麼。放棄了吧。

不舒服的一個小時終於結束，把桌椅復原，開始回家前的班會。

班導在講台上宣達聯絡事項。

「……然後，最後一件事。校外教學的組別已經決定好了，我把資料發下去。各組別討論一下，先決定組長和副組長人選。」

說起來，好像在某次學年集會上，有聽過十月的期中考後有校外教學。明明還有一個學期，卻連組別都分好了，甚至要選組長啊。

也太超前布署了，時間還遠得很。雖然這麼覺得，但仔細想想，加入社團後的這一個月也過得很快。這期間進入梅雨季，然後梅雨季結束，上週開始正式入夏後每天都溼熱不已。十月一定很快就到了吧。

四個月，儘管覺得時間很足夠，不過已經過去四分之一了。

「欸——！爛爆——!!」

慘叫一般的聲音響起，我朝聲音的來處看了過去。趴在發下來的資料上吵鬧的，是松井同學的其中一個好朋友。幾個好朋友立刻圍了上去。

「真的爛爆！」

「咦——怎麼了怎麼了？」

「你看這裡，居然跟綾瀨同一組！我不行——！」

「哇，真的耶，這下完啦！」

「不要說什麼完不完的！」

「啊哈哈！加油啊——！」

還說了些其他的。

我覺得被說這些話是正常的，所以默默的聽，但對方明顯是用我聽得見的聲量聊天，大家明知我應該聽得到卻依舊故意這麼做。

我輕輕閉上眼呼地吐一口氣，嘴角上揚，轉向她們。

「唉唷——不要說不行嘛——我會好好做的，安心安心——！」

我大聲地說完，馬上有「不是這個問題！」的聲音響起。

「咦——什麼什麼，不是這個問題是什麼意思——？」

「啊——夠了——煩死了，我們自己在講話妳少插嘴！」

「欸嘿嘿，抱歉——不過我不會打擾妳們的，所以放心啦——。」

「蛤？妳說什麼？不可能吧！」

「沒問題，沒問題——。」

我一邊笑一邊搖搖手，重新轉回前方。肩膀偷偷垂了下去。

不會有人喜歡跟我這種又煩又愛說謊的人同組的。

但是真的沒問題，希望她們放心。因為我不可能去參加校外教學。

我看向窗外，不引人注意地輕輕嘆氣。太陽光太強，我不由得瞇起眼睛。光線刺眼，我挪回視線，眼前是羽澄的背。

一想到再一下下就是社團活動時間了，心情就舒暢起來。加入生物社真是太好了。

前座的羽澄也沒在聽班導說話，手撐著臉頰看向窗外。

約他加入生物社時他明明那麼不情不願，卻意外的每天都來社團。但他並不是熱衷活動，而是一邊喝沼田老師泡的咖啡一邊寫作業，翻看生物教室裡放的書，呆呆地看ＤＶＤ，看起來只是打發時間。

即使如此，他入社之後每天都會在生物教室待到接近放學時間。我也一樣。

我擅自推測，說不定他也是不想回家，所以在學校打發時間而已。

他和我以及後藤，即便處在同一個空間裡，卻沒有更多的交流。各自做自己喜歡的事情。

這樣的兩個小時，真的很愉快。

◆重生的海月

我總是把全副心力放在如何平淡無波的度過學校生活上。

要達成這個目標最困難的是下課休息時間。以前課一上完，我就會看書或用耳機聽音樂，但沒多久便發現班上有個毫不在意一直講自己喜歡的話題、我行我素的怪人，還有一直問『你在看什麼？』、『你在聽什麼？』然後很鬧的怪咖，所以得到如果不想跟他們說話、他們來找話聊時想無視的時候睡覺最好的結論。之後，一到下課休息時間我就趴在桌上睡。

當然，因為不是真的睡著，同學們的對話依舊會鑽進耳裡，煩得要死，但裝睡的話，覺得與周圍的距離比起坐起來面朝前方要遠，可以把無聊的閒話跟壞話當成普通的雜音，還滿舒服的。

不跟別人說話，不跟別人眼神交會，平淡無味的每一天。不過我非常喜歡目前宛如寧靜海面般的生活。一公分波浪都不想有。

常聽見毫無變化的每一天這種略帶諷刺的表現方式，可這是我衷心希望的生活。

——明明應該如此的。

「羽——澄——去社團活動吧！」

一結束回家前的行禮，那個明亮到愚蠢的聲音就從背後喊我。

我明明已經跟她直說過很多次，社團活動可以各自去，拜託妳不要一次又一次地約我，但綾瀨似乎完全不打算把我的請求聽進去。

「羽澄跟綾瀨感情變好了欸——。」

不知道從哪裡傳來竊笑與低語。

「莫非是在交往？超好笑的。」

「兩個都沒朋友，應該很好聊吧？」

「這是不是就叫人以群分？」

我跟綾瀨在這個班裡和其他人都有距離。然後大家也知道我是個不隱藏自己保持距離的人。所以他們乍看雖然像是在講悄悄話，但其實是用我們聽得到的音量在交談。

隨你們怎麼說。我是在明知自己會被如此對待的情況下，繼續我行我素維持這種行為的，所以一點都不在意。因為他們的惡意，絕對影響不到我。綾瀨的狀況大概也差不多。

「沼田老師，今天會帶鬥魚來嗎——好久沒見到了，想看啦。」

她一如往常一邊嘿嘿笑著一邊若無其事地說。我沒有回答。我沒這種在教室裡刻意跟她說話，變成個性惡劣同學談資的服務精神。

「吶吶，羽澄，今天做什麼好——？昨天看了動物園的DVD，所以今天看水族館？還是看一些圖鑑？」

追在拿著書包走出教室的我身後，綾瀨連續不斷地繼續說下去。

被無視至此還毫不退縮跟我說話，她強韌的精神部分值得尊敬。雖然困擾的部分沒有改變。

「啊，但是但是，我也很在意北極熊的紀錄片耶——唔，說到北極……」

喧鬧著講個不停的綾瀨聲音逐漸變小，忽然消失。

我覺得不對勁而轉過頭。她一邊默默走路一邊稍微低下頭，右手放在喉嚨位置上。她的臉上，沒有平常那種無力的笑容。

「……怎麼了？」

我不由得開口問。然後在心裡對自己說出來的話嘖了一聲。這也是至今養成的生活習慣。

「……欸？」綾瀨忽然抬起頭。

「……沒，因為覺得妳跟平常有點不一樣。」

我接著低語後，她的表情像是打開開關似的，一下子變得明亮起來。

「嗯——？沒什麼啊——？」

「……嗯。」

本人可能想迴避這個問題，但若是平常的她，在這個時候應該會用毫無邏輯的謊言搪塞我，所以我推測應該還是發生了什麼事。

「算了，沒事就好。」

雖然覺得應該是發生了什麼事讓她失常，但我對她並沒有刻意追問下去的執著心，所以也就讓它去了。

抵達第二校舍的時候，綾瀨已經完全恢復成平常的樣子了。

「打擾了——老師好！」

我跟在用力打開門走進生物教室的她身後。

沼田老師從準備室探出頭說「喔——咖啡正好泡好」。

老師在我們來之前就準備好了咖啡，讓我覺得有種說不出來的尷尬。我想到老師完全把我當成『每天都會來社團活動的學生』，就湧起一股明明不是這樣的心情。

我沒打算和其他人密切往來，所以一開始甚至想的是入社申請書平安被受理的話就結束了。可是，不知道為什麼回過神來時，我每天放學後都會去生物教室，連自己都傻眼。為什麼會這樣，我自己也不知道。

在我一邊喝咖啡，一邊看偶然看到的海洋生物DVD時，在房間盡頭看書的後藤搖搖晃晃朝我這裡走了過來。

「喔，這不是大王烏賊嗎？」

心不在焉呆呆看著畫面的我聽到他的話，才第一次注意到電視上播放著巨大烏賊的影像。

「我好喜歡大王烏賊喔——真想看活的，一次也好。因為牠的身長有十公尺，超威的！」

「咦——十公尺!?不就有整間教室這麼大？」

綾瀨一臉誇張的驚訝表情，後藤興致勃勃地說「應該更大喔」。

「然後啊，說眼球有三十公分！像這樣像這樣，眼珠！」

後藤用雙手在臉前方畫了個大大的圓。

「嗚哇——好厲害，好像什麼都看得見欸——。」

「畢竟是深海生物嘛，可能是要靠大眼睛來找尋獵物。啊，說到深海，據說大王烏賊是金色的喔。我在紀錄片裡看過，在深海一片黑暗當中，捕捉一點點微光，閃耀金色的光輝。好想親眼看看十公尺的巨大身體發金光的樣子啊。」

他像在做夢似的低語。雖然我一點都不想看，但你高興就好；我在心裡低語。

「啊，說到眼球，有種叫大鰭後肛魚的深海魚，雖然是黑色的，但只有頭部是球狀透明的膜，像是戴著透明安全帽的感覺，能看到大腦，裡面有巨大的綠色眼睛喔。然後深海生物不是多半都會發光嗎？發光能讓牠們融入背景中，比較不容易被獵捕者找到，不過據說大鰭後肛魚的綠色眼睛能分辨出生物發光與背景。也就是說，牠的眼球是為了找出並吃掉發光生物而發展的。真的超強的啊——生物的進化。」

我一邊靜靜的聽他說話，一邊想著這是進化的戰爭。

一部分的深海生物，為了不被敵人捕食、為了在嚴苛的環境中生存，為了身體能夠自行發光而進化。但是，大鰭後肛魚為了有效率的找出可吃的發光生物，發展進化牠的眼睛。這是生存的戰爭。

一個不小心就會被吃掉，然後找不到食物的話就會死掉，在嚴苛的自然界中生存的動物壯大的生命力，全力以赴地活著。

但是，這樣的話，為什麼人類沒辦法做到呢？

只為了活下去而竭盡全力，在人類世界，至少我是做不到的。對人類來說，除了單純維持生命以外，還有太多被認為重要的事物。即便每個人不同，但例如有自己的存在方式、與他人的關係、驕傲與尊嚴這些事物。是因為已經離野生階段很長時間了嗎？

DVD影像轉換，接著出現在螢幕上的，是在水中緩緩漂浮，數不清的海月水母。

「水母好可愛唷——軟綿綿漂浮的樣子，好療癒喔——。」

綾瀨雙手捧著臉頰開心地說。後藤立刻回應。

「水母感覺上是可愛的水生動物的代表，最近在水族館裡也很受歡迎，不過其實食慾非常旺盛。神經分布全身，只要有生物稍微碰一下，就會立刻被捕捉吞噬喔，牠們能毫無顧忌地吃掉比自己還大的生物，身體變得幾乎要脹破般巨大，還會同類相食呢。」

「欸——這樣啊，好意外——！能吃掉比自己還大的東西嗎？感覺像蛇一樣？這麼可愛的樣子真難想像欸——。」

「就是說呀，超厲害的——而且繁殖能力也很強，一隻水母能生下一兆隻小水母，很厲害對不對？生命力強到嚇死人。」

綾瀨「咦——」的露出驚愕的表情。

「欸欸真的嗎？一兆隻!?也生太多了！一直生一直生，海裡會滿是水母吧！」

「理論上是這樣沒錯，但因為牠們會變成其他更強生物的餌食所以也還好，不過偶爾大量出現時好像會影響捕魚就是了。」

「什麼什麼，在聊水母？好欸。」

老師迅速從準備室裡探出頭來，看起來不僅對熱帶魚，對水母也很痴迷。

「知道燈塔水母嗎？」

老師掃視我們三個人，我搖搖頭，綾瀨回答「不知道」，後藤眼睛閃亮說「我聽過名字，但不是很清楚！」

「燈塔水母啊，是擁有在將死之時返老還童能力的水母喔。」

欸欸，綾瀨喊出聲。我也不由得睜大眼睛。

返老還童。這種像科幻漫畫裡登場角色般的生物是存在的嗎？

「水母的幼年狀態叫水螅，燈塔水母因受傷或生病而衰弱時，會啾一下縮成蜷曲，返老還童回到水螅狀態，然後蓄積力量，再度長大。跟返老還童前的水母有相同遺傳因子。而且不是一隻而已，從這個水螅中，像生物複製那樣吧，生出幾百隻、幾千隻相同遺傳因子的小水母。所以被稱為永生水母。說不定有幾億年前就活到現在的水母喔。」

「哇啊——好厲害！」

綾瀨一臉呆滯地說，後藤則是「超強——！」的感嘆起來。我雖然沒有發出聲音，不過心情是一樣的。

「啊，糟了，我有會要開。」

老師看了一下手錶，有點慌亂的走出教室。後藤說著「太猛啦——太猛啦——」，視線回到電視畫面上。

我繼續思考水母的事。

一旦瀕死就回到孩童的姿態，再花時間成長成大人。重新活一次。如此循環反覆。靈魂沒有消失，只是改變形體，持續活了幾億年。簡直就像——

「……像轉生一樣。」

我瞠目結舌地看著綾瀨，是讀出我的想法了嗎？她呵呵笑著說。

「是叫作輪迴轉生吧。」

雖然抱歉，但我對她會說出這麼難的單詞感到意外非常，我更加驚訝。接著收斂表情，低語「吶」。

「或許吧。或許可以說是同樣的靈魂持續轉生好幾億年吧。」

水母什麼都不想的在海中緩緩漂浮，給人有種隨波逐流活著的印象，但實際上對活下去是有非常強烈的慾望的。然後瀕死就無數次轉生，持續活了幾億年的生命力——如果沒有被殺掉的話就連死都不能，必須繼續活下去才行。

太好了，我不是水母。

但也覺得，我若是一隻水母就好了。

我也不是很清楚自己到底是什麼心情。

「啊，對了，說到水母。」

後藤平靜的聲音，打斷我宛如進入迷宮般的思緒。

「水族館啊——有暑假限定的夜間水族展喔。」

「夜間水族展？」

綾瀨歪頭疑惑，後藤滿臉笑著說「對對」。

「就是夜間水族館。平常傍晚就會關門的水族館，暑假開到晚上這樣。我跟家人約好要去了超級期待的——因為很少看見生物晚上的生態啊，我去過晚上的動物園，但晚上的水族館是第一次。特別是水母的展示槽會打光應該超漂亮，有夠期待——。」

「嘿……晚上的生物……夜間水族展……。」

綾瀨像複述後藤的話似的低語，忽然回來看電視畫面。我也跟著看過去。後藤站了起來，搖搖晃晃走進準備室。

她一句話沒說，所以屋子裡滿是沉默。

就在我們兩人繼續呆呆看著DVD的時候，教室內染上夕陽的顏色，通知已到最晚放學時間的鐘聲響起。後藤不知道什麼時候已經回去了，老師還在開會沒有回來。

我們整理東西準備回家，離開了生物教室。

走在我旁邊異常安靜的綾瀨，走到鞋櫃時突然開口。「——真的，有轉生這件事嗎？」

我想了一下，小聲說「誰知道呢」。而後她換了個語氣說。

「吶，你知道人魚公主是什麼樣的故事嗎？」

為什麼突然問我這個？我雖然訝異，還是憑藉著以前讀童話的記憶回答。

「……好像是，人魚公主喜歡上人類王子，為了成為人類和魔女交易，拿聲音去換到了人類的雙腳……因此到了陸地上，要是能和王子在一起，就能以人類的身分幸福的生活下去，但王子卻和其他人結婚了，戀情破滅的人魚公主，最後變成了海裡的泡沫，消失無蹤……這樣吧？喔對了，要是殺了王子就能活下來，但她沒有這麼做，記得是這樣的故事發展。」

「嗯──嗯，大概就是這種感覺。」

我們離開校舍，往校門走去。

「在大家都知道的繪本或電影中，人魚公主大概是這樣的一個故事，但若仔細去看安徒生童話原作，人魚的設定很不一樣──有更細的設定。」

「嘿，這樣啊。」

在她講什麼設定的時候，我感受到她撒謊自稱『傳說中人魚的後裔』的缺陷覺得很好笑，拚命忍住笑意。

「人魚非常長壽，儘管可以活三百年，可一旦死去就會化成海中的泡沫完全消失。而人類雖然活不過一百年，生命短暫，但死了不會消失，能到天國見到神明，重新轉生。也就是說，擁有不會死去的靈魂，永恆的靈魂。」

嗯，我回應。我只讀過給小朋友看的人魚公主故事，完全不知道原作是什麼內容。

「所以人魚公主啊，在遇到王子之前就憧憬著人類，希望能變成人類喔。比起人魚活了很長、很長的時間後變成泡沫的生命，她更想要人類永遠的靈魂。想要就算立刻死去，也能永遠繼續轉生，成為新的生命，能無數次與所愛的人相遇的靈魂唷，一定──。」

綾瀨說的話，到哪裡是安徒生寫的故事，從哪裡開始是她的想像，已經分不太出來了。

我沒有應和，就靜靜的聽，這時候她突然「啊」的喊了聲。

「我是騎腳踏車的，我去牽車，你等我一下喔！」

她說完也不聽我回應，就往停車場跑去。

這說不定會演變成一起放學回家啊。我完全沒這個打算，原本只想聊到校門口的。

因為正好是社團活動結束的時間，周圍有幾個學生。我不想被人看見我們兩個人在一起。

我瞬間有了就這樣一個人先走的念頭。但是，話說到一半，就這樣自顧自回家實在不太好，無可奈何之下只好等。

在我呆呆的看著在整理器材跟場地的運動社團成員們在操場來回忙碌的樣子時，後面忽然傳來綾瀨說「所以啊」的聲音。

「人魚要如何成為真正的人類呢，是要從所愛的人類那裡，得到永恆愛情的誓約啊。」

嘿，我小聲地說。

她推著車，我也和她並肩往校門口走去。

「人魚喜歡上人類，這個人類也要喜歡人魚，打從心底愛她，認為她的存在是獨一無二的、特別而重要的，滿腔愛意，將人魚的手和自己的交疊，許下永遠都會繼續愛她的約定。這樣的話呢，人類的靈魂就能透過交疊的手流進人魚的身體，把靈魂分給她。這麼一來人魚就變成真正的人類了喔。成為人類，得到永遠的靈魂，即使死去還能轉世重生。說不定還能與最喜歡的王子重逢呢。」

「……原來如此。」

人魚能從相愛的人身上分享靈魂，得到靈魂就能成為人類。

靈魂能分享嗎？要怎麼才分辨是真正的愛呢？如果兩個人的愛情有了變化怎麼辦？畢竟本來就沒有什麼恆久不變的愛。

我腦中充斥著各種想法，但硬是什麼都沒有說。

走出校門的同時，我們停下腳步。

「羽澄往哪個方向回家？車站？」

綾瀨開口問，我走向與她自行車前輪相反的方向。「不，這邊。我家很近，走路就到。」

「啊，這樣啊。真好——就住附近。」

「那個……會選這間學校，就是因為離家最近。」

正確來說是『被選』，但並不是需要特意跟她解釋的事。

「嗯，這是個好決定呀。果然還是住附近好——。」

在我想回話的時候，書包裡的手機震動起來。我反射性的看手錶確認時間。因為聊天所以比平常走得要慢，現在已經比平常回家的時間晚了十分鐘。

「……那，掰囉。」

我稍微舉個手，也不等她回應就轉過身。一邊走一邊拿手機出來，打開通訊軟體。

『我現在就回家』就在我要送出一如既往的訊息時。

突然，綾瀨用非常明亮的聲音喊我。她在校門前，隨意地跨在腳踏車上，笑著看我，對我揮手。

我回問什麼時，她微微歪著頭說「那個啊」。

「如果能轉生，羽澄你想變成什麼？」

這突如其來的問題，我停下腳步。這麼說起來，去看鯨魚屍體的那一天，她好像也問了我這個問題。

我稍微想了想，小聲地說「那個」。

「都無所謂。死後的事情，跟我沒有關係。」

她呵呵笑了，說「這樣啊」，然後轉過身，騎了出去。

「小想!!」

轉個彎看到家的時候，傳來半瘋狂的聲音。

完了，那一瞬間我全身血液像逆流一樣。糟糕了。

之後我一邊想水母跟人魚轉生的事情一邊走，所以完全忘了要傳訊息。

站在家門前應該是在等我回家的母親，頂著一頭亂髮朝我奔來。

「小想，小想……！」

我停下腳步，站在原地。

母親完全沒有放緩速度的一把抱住我，然後像站不穩一樣往下跌，坐在柏油路上。

但是，那雙手像是依附著我、像是束縛住我一般，緊緊抓著我不放。

「啊啊啊，太好了！太好了……！」

母親仰起的臉毫無血色，像紙一樣白。

「……抱歉。」

「我好擔心喔，真的，真的，好怕……。」

「嗯，抱歉，抱歉……。」

我像笨蛋一樣反覆地說。

「是不是不會回來了，是不是再也見不到你了……。」

「……不會啦。我每天都會回來，只是今天不小心忘記聯絡……」

母親抬起頭。眼睛張得極大，眼眶下染上的濃濃黑眼圈明顯可見。

「啊啊，是的，是這樣的……是會發生這種事的，你已經是高中生了啊，不會什麼事情都跟馬麻說了啊……。」

她說著是啊的聲音在顫抖。我慌忙把手搭在母親肩上。

「不是的，不是這樣的。我真的只是有點忙亂，所以不小心錯過時機而已……要是有什麼事情絕對會跟馬麻討論，妳放心。」

「……這樣啊，如果是這樣就好……那個，拜託你這麼做，要是有任何煩惱，不管再怎麼小的事情都要跟馬麻說。」

母親低語，然後搖搖晃晃地站了起來，緊緊地抱住我。

「因為馬麻已經只剩小想了……」

我一邊沉默著被母親抱住，一邊呆呆地看著柏油路面上的裂縫。

「馬麻的生存意義只有小想了喔，要是小想不在了，馬麻就活不下去了……」

我緩緩抬起眼，一邊遠眺著夕陽餘暉一邊小聲地說。

「……嗯，抱歉，馬麻……。」

硬是擠出來、毫無高低起伏與溫度的聲音，就這樣卡在喉嚨深處，永不離開。動彈不得。吞沒太陽的西邊天空，一片驚人的紅。

SAYONARA USOTSUKI
NINGYO HIME

三章 人魚之痕

◇我不需要未來

「綾瀨，羽澄，等一下到教師辦公室來。」

接近學期結業式的某一天，回家前班會結束的時刻，班導看著我們說。

這什麼，好像似曾相識？我想，但從大家的反應來看，我想起來之前應該發生過這樣的事情。好像是兩個月前，沒有交登記社團活動的表格的時候。

「又是這兩個問題兒童──。」

「這次是做了什麼？」

「該不會是不純潔的異性交往吧？」

「哇靠，有好笑。」

大家看起來很開心的吵吵嚷嚷起來。我跟羽澄是班上的笑料。

「大家，不要笑喔——！完全不是這麼回事啊！」

我站了起來，帶著笑容大聲地說。氣氛瞬間冷卻，笑聲靜了下來。

這時候大家像是對我們失去興趣似的，各自開始聊起天來。

前座的他像沒聽到大家的聲音跟我的聲音般，平靜地收拾東西準備回家。

「這次會是什麼事呀，羽澄。」

我一邊追著已經走出教室的他一邊問。還沒離教室太遠，我想大概會被無視吧，一如所料沒有回應。

「我完——全沒有頭緒欸。明明這麼認真在上課，為什麼會被叫去啊——？」

其實，應該是那個原因吧，我心想。但嘴裡還是說著一堆毫無意義的謊話，為了填補沉默。

喊了報告，我們走進教師辦公室，走向班導的座位。

「升學就業調查表昨天截止，但你們都還沒有交，全班就你們兩個沒交。」

果然是，我一邊想，一邊有口無心的道歉。

「啊哈哈——抱歉啦——。」

「對不起。」

旁邊的羽澄小聲地說。

「羽澄交白卷上來所以應該要再交一次，你是還沒寫嗎？」

對不起，他再度用剛剛的語氣道歉。

「欸，羽澄，你交白卷？大膽！」

我開玩笑似的說完，老師一臉不高興的的看著我叨唸「比綾瀨妳交都沒交要好吧」。

「發下去的時候就說過了，會配合暑期輔導、升學就業調查來分班，沒交很困擾啊。辦公室前面走廊有桌子，你們現在去那邊寫一寫馬上交。」

「欸，可以在這邊寫了交嗎？」

我一問，老師傻眼的說「當然啊，都過了截止期限了」。

「那裡也有升學就業相關的書，參考一下趕快寫寫。」

「好……。」

羽澄向老師輕輕點了個頭，打算往出口走去。

我慌忙的要追上去時，老師說「那個啊」的聲音讓我們停下了腳步。

「綾瀨也好、羽澄也好，這個決定會跟你們接下來很長一段時間的人生有關，是你們自己的人生，好好考慮吧。你們不可能永遠都是孩子，不要打混，好好對自己的人生負責。」

好喔——我回答。羽澄沉默地看向前方。

「你們接下來能夠成為任何一種人，和老師這樣人生已經固定下來的大人不一樣。讓人羨慕。有未來是很棒的事情。所以，把手放在自己胸口，好好面對自己想成為什麼樣的人、想做什麼樣的事，不要逃避唷。」

老師的話，有種直刺心口的感覺。

「啊哈哈，老師好帥！這真是名言啊——。」

我開玩笑的說完，老師驚訝地嘆口氣提醒我「這不是開玩笑的場合喔」。嗯——好痛。

走出辦公室的我，坐在並排在走廊牆邊的摺疊椅上，把全白的升學工作調查表擺在長桌上。羽澄也坐在我旁邊隔了兩個位置的椅子上，慢吞吞的從書包裡拿出鉛筆盒跟調查表。

「羽澄也還沒決定好畢業之後做什麼嗎？」

我問，他小聲地回答「嗯啊……」。一副有氣無力的樣子在玩自動鉛筆。

「大家都好好決定了呀，真了不起。我什——麼都想不到就是了。去年也被班導催過，就隨便寫寫交出去了。」

我的視線落在眼前的紙上。發現之前寫的文字沒有擦乾淨，用橡皮擦用力擦去。

忽然感受到他人的視線，我抬起頭一看，羽澄看著我這邊。

糟了，不知道會被他怎麼說。我一瞬間心跳加速，但他迅速地轉回視線看自己的手。

「……寫什麼好啊。我真的什麼都想不出來……。」

我自言自語似的說完，過了小半晌，他忽然開口說「綾瀨妳……」。

「為什麼總是在說謊呢？」

「欸……？」

心臟重重跳了一下。

我總是說謊這件事，只要認識我的每個人都知道，已經不知道被說過多少次『妳說謊』了。

但，至今沒有任何人直接問我『妳為什麼要說謊』。

「欸——我沒說謊啊——。」

我嘿嘿笑著說。而後，羽澄直接的目光貫穿了我。

「又在說謊。」

心臟再次怦怦作響。我一邊用筆尖在紙上唧唧嘎嘎的畫著一邊擠出話來。

「……因為，就算說實話不也毫無意義嗎？」

他靜靜的看著我。我有種被催著繼續說下去的感覺，低語「因為啊」。

「不是常聽人說什麼說謊是當小偷的開始啊、不能說謊啊一類的話，羽澄你真的這麼認為嗎？」

「……什麼意思？」

「例如啊，你很討厭某個人，會覺得超火大的——不想跟他有關係——吧。但是，表現在臉上或說出口很奇怪，沒有人會特意去說我討厭你才對。就算真的討厭某人，大家也都一臉沒事的和對方來往不是嗎？這部分，嗯，就說是人情世故嘛。也就是說，我想說實話並不是這麼了不起的事……嗯，說謊也不是什麼了不起的事就是了……。」

羽澄雖然沉默以對，但莫名從周圍氣氛中感受到這不是否定的意思。

「這麼說起來，說謊啊誠實啊，哪一邊都不好不是嗎？無論對自己而言是假的還是真的，別人看得見的部分，對別人來說就是真的，對吧。」

反正人啊，只看自己看得見的部分，只靠自己看得見的部分做出判斷。所以，不管心裡實際上怎麼想，只有說出來的話才是真的。

「……這一點，我有同感。」

他點點頭。我有種自以為是的想法得到肯定的感覺，莫名的非常非常開心。

「所、所以說！就隨便寫寫交出去吧——！」

我從眼前擺了升學就業資料的書架中拿出大學一覽，發出「嘿呀～～」的聲音隨手一翻，看到順眼的校名就寫。

「這樣也好。」羽澄見狀也跟著模仿我，隨意選了個大學填在表單上。

把表單交給導師後，我們去社團活動。

一打開生物教室的門，正好從準備室出來的沼田老師就注意到了我們，出聲喊「喔」。

「老師好——！」

「唔，綾瀨妳今天也很有精神耶——。」

「是啊——超有精神！老師，您在做什麼呀？」

老師把一個大紙箱放在講桌上，嘰嘰嘎嘎的開始動手處理，覺得好奇所以開口問問。

「嗯——這個嗎？這個啊，是準備化學課用的。明天一年級班要做實驗。」

「哇——喔，老師好辛苦喔。」

「嗯，在學生看不見的地方也很努力啊——。」

原來如此——我應和著的時候，雙手抱著一疊紙的後藤從準備室走出來。

「老師，講義放這裡可以嗎？」

「喔，謝啦後藤，真是幫了大忙。」

「後藤，你在幫忙喔？」

聽到我問，他笑著點頭說「嗯啊——」。

「我將來想成為理科老師，所以老師讓我幫忙體驗一下。」

「嘿……。」

糟了，是我現在不想聽的話題。但是，是自己主動開口問的，也沒辦法當作沒聽到。

「好厲害唷，後藤，你有好好的思考自己的將來耶。」

我一邊拚命壓抑著心裡的騷動一邊說，說完他「欸？」的一臉驚訝的樣子，眼睛睜得圓圓的。

「這沒什麼厲害的吧。」

嗚哇，討厭，有種不妙的預感。以我現在的精神狀態，聽見思考自己的將來是理所當然，並沒有什麼了不起的這種話，沒有信心能裝平靜。

但是，後藤繼續說下去的話，和我預期的不一樣。

「我只是喜歡動物，想著要是工作能盡情傾訴對動物的熱愛就好了，所以想成為老師，如此而已。就跟喜歡畫畫所以想成為漫畫家啊，喜歡足球所以想成為J聯盟球員啊一樣。但如果說這種話，也有人說『你不可能啦』、『少作夢了』、『門太窄了不可能啦』——這也太武斷了吧我覺得，喜歡的心情是一樣的，想成為那樣的人的心情也是一樣的，但光是喜歡的對象不同就有完全不一樣的反應，真是不公平啊氣死人了——。」

後藤的語速比平常要快，語氣也非常強烈，我嚇了一跳，不由得開口問。

「……發生什麼事了啊？」

我想像，莫非是之前說想成為漫畫家或J聯盟球員結果被爸媽罵？

「不不，不是我碰到這種事，我兄弟姊妹多，是我妹說想成為漫畫家，我弟說想成為J聯盟球員，然後之前好像在學校被老師罵還哭了呢——為什麼要說這麼摧毀人家夢想的話啊！氣死我了。」

「呃……後藤你爸媽也反對嗎？」

「欸？」

他再度睜大了眼睛。

「沒有阻止啊，反而超支持的喔！」

這次換我睜大眼睛。

「這是當然的，因為是爸媽呀。呃——雖然他們會講『要是真的以此為目標就拚死練習啊！』這種超斯巴達的話啦。我也是，要是偷懶的話，就會被大罵『要是想當學校老師的話就認真乖乖念書——！』啊——每天喔。」

「嘿……這樣啊……。」

我小聲說完後，覺得不不不這不像我，慌忙拉高聲音。

「好棒的雙親唷——！全力支援孩子的夢想！哎呀——不愧是後藤的家長啊——。」
後藤一臉心裡高興的「嘿嘿嘿」笑了。
就在我們說話的期間，老師默默地做完實驗的準備工作，羽澄默默地看著這些。
「……老師，您為什麼想當學校老師呢？」
羽澄突然冒了一句出來。他很少像這樣主動發問，所以我喔？的往那裡看去。
「一開始就以當老師為目標嗎？」
老師的視線仍然在手邊，說「不算是——？」。
「是要考教師甄試，還是考研究所，我猶豫到最後一刻。」
羽澄沉默了小半晌，然後再次發問。
「那時候，您是怎麼決定的？……我，完全不知道哪一條才是正確的道路。」
我再次喔喔？的想。羽澄說出自己的內心話，真的是非常非常稀奇的一幕。
老師抬起眼，直直盯著他看，然後再次低下頭。
「人生的選擇，沒有正確答案喔。」
很麻煩的啊，老師自言自語般補上一句。
「沒有什麼選擇會讓所有人都覺得正確。有選擇就代表同時也要捨棄某些事物。所以，不管怎麼選，都免不了會有後悔或辛苦的部分。所謂選擇，就是這麼回事。」

我一邊喔喔地應和，一邊感覺心底揪緊似的痛。

「所以，就算會後悔也好，辛苦也好，選比較能承受、能讓自己開心的，或許就是正確答案。就算別人說你選錯了也一樣。」

羽澄一直盯著老師的臉看。

「自己能快樂，就會給周圍的人帶來好的影響。走在勉強選的道路上，要是備受痛苦，周圍也會跟難過。所以，我認為自己的心情是最重要的。重要的是要認真想想『自己該怎麼做』，煩惱再煩惱，經過深思熟慮後，掙扎著決定的事情不是嗎？再來是用『自己能露出笑容』來選。我想這是『對自己而言』的正確答案，從結果看周圍的人也能幸福喔。」

「嗚哇——真是名言，不愧是沼田老師！」

我一邊啪啪拍手一邊說，但其實我沒辦法理解老師說的話。

羽澄仍然一如往常面無表情，小聲地說「謝謝老師」。

從學校回到家，站在玄關門前時，我總是全身發抖緊張不已。想著今天會得到什麼反應呢，身體微微顫抖。

我呼地吐氣，小心翼翼不發出聲音的，慢慢打開門鎖。

媽坐在餐椅上，手撐著臉頰看電視。
「我回來了。」
小聲開口後，媽回頭說「啊啊，水月啊」。
「歡迎回家。」
嗯，看起來心情不錯。這樣我就放心了。
「……在看什麼呀？」
我一邊觀察媽的臉色一邊小心詢問，她簡短的回「新聞」。行李放在房間角落。
「說這兩個人，結婚了呢。」
媽手指著電視畫面。是知名男藝人與女藝人公證結婚的報導。
「喔，這樣呀。」
正想說恭喜，我就閉緊了嘴。差點踩雷，危險危險。
但是，就算我不踩，雷也會自己爆炸。
「說夫妻聯名發出『構築溫暖幸福的家庭』的公告。啊哈哈，好好笑喔——粉絲說『是積累很久一路辛苦走過來的藝人，很開心他們能幸福』？有種啊哈哈？的感覺。有夠蠢，覺得結婚就能夠幸福，這些人也太傻了。」
莫非是？我想，看向媽手邊，一如預期，堆著大量的啤酒和氣泡酒的空罐。

喝醉了吧？雖然想嘆氣，不過，仔細想想，如果是喝醉了情緒高昂的時候，說不定比較好講話。心情差的時候，是沒辦法直接對話的狀態。想試著講講看的話就是現在了。

這麼一思考，我鼓勵自己開口。

「那個啊，媽，今天，在學校，有升學就業的調查……。」

「就業吧？」

我還沒講完，媽就打斷我。

「啊，嗯。」

明明想著就是今天，但聽到媽有點強硬的聲音，我就反射性的點了頭。

從媽看向我的眼神冰冷程度，我注意到自己錯看了時機。雖然什麼都沒問可我也心知肚明，大概是跟男朋友分手了。仔細想想，因為她看結婚的話題這麼不順眼，其實應該要發現的。我滿腦子都是如果媽心情不差的話，就試著聊聊未來升學就業的事情，所以想得淺了。

已經分手了嗎？我想，這次好快啊。總覺得從交往到分手的時間越來越短了。

也是。如果是比媽年輕的男人，要是知道有個已經讀高中的女兒會不舒服吧。如果是國中生的話還有種「有個小朋友的年輕媽媽」的感覺，但成了高中生，對方似乎就會覺得「已經有這麼大的孩子了啊，好像難以交往」。

過去就被媽抱怨過好幾次「都是水月害我被甩」，所以這次一定也是這樣。我想，因為是我害的，所以每次媽分手生氣就遷怒我，也是沒辦法的事。

「反正水月的頭腦也不好，上大學只是浪費錢而已。還不如儘快去工作賺錢，至少讓媽輕鬆點啊。」

我明明想跟平常一樣用笑容來肯定的，或許是表情還是語氣透露出了什麼，我一直看著媽，眼看著她的臉色一變。

「活下去是很花錢的。小孩應該不知道這些吧？但是賺錢是很辛苦的，而且光是活下去，錢就會漸漸減少。真的很累。」

憤怒從話語中傳達過來。

明明很小心了，還是惹媽生氣。為什麼會這樣？

「雖然有免學費啊、獎學金啊的，不過再怎麼免費，讀大學當學生的期間也賺不了什麼大錢吧？妳覺得我養妳到現在花了多少錢？不可能再讓妳去上大學，真的。大學啊，是家裡有錢的孩子打發時間讀的。只是延後出社會。反正水月去大學也不會學到什麼東西，所以別浪費時間跟錢了。去就業，就業！然後幫家裡賺點錢，因為妳之前都是吃免費的。」

「嗯，我知道喔，沒問題。」

我不住點頭。

嘴上說沒有錢，但自己不是買了名牌嗎？明明文具用品都很勉強不太買給我的。腦中一隅浮現出這樣的話，我立刻打消這個念頭。

「知道就好。」

媽微微一笑。咕嚕一口喝乾啤酒。然後站了起來，就這樣拿著啤酒罐抱住我。

「我還是只剩水月了啊。有血緣關係是最強的。男人說到底都是外人，不行不行。只有水月一直跟我在一起。」

我不知道該怎麼回答，沉默地點點頭。

「水——月。」

媽用甜甜的聲音喊我，不帶任何意義。

我鬆了口氣。這個瞬間，我確確實實地感受到了被媽需要，被媽所愛。

媽一交了男朋友，總是會晚歸。孩提時的我，在家等待的期間總是非常不安。說不定媽不會回來了。說不定不要我把我丟掉了。總是被恐怖包圍。

但最後媽都會回到我身邊。跟戀人分手後一定會抱著我，跟我說她只有我了。

對媽來說我是特別的，因為有血緣關係，所以沒問題的。

知道這一點，等待期間的不安一點一點消除。

「水月——最喜歡妳啦——！」

「呵呵，我也是。」

被媽緊緊地抱著，我不由得笑出聲音。

沒問題，沒問題。媽不會拋棄我。只要好好聽媽的話，就能得到媽的愛。只要我努力就沒問題。

……但是，我要努力到什麼時候呢？

我搖了搖頭，把這個忽然浮現的疑問抹去。

——————◆逃不了

暑假開始之後，天氣一天天熱起來。

室外總是充斥著蟬鳴聲，即使待在室內，這慘叫似的聲音還是會從窗戶縫隙鑽進來。

我討厭蟬鳴聲。因為怎麼都會想起『那天的事情』來。

——接到電話，臉色刷白的母親。

——等了好幾個小時的醫院候診室裡，奇妙的冰冷與寂靜。

——響徹火葬場的痛哭聲。

這些記憶，總是被蟬聲緊緊籠罩。

慢慢走在沿海道路上。毫無遮蔽的陽光照得全身發燙，額上慢慢浮出汗水。從海上吹來的風相當潮溼，讓體感溫度高了不少。

我一邊呆呆看著鯨魚躺過的沙灘，一邊默默挪動腳步。

那具屍體還不到三天，就不知道什麼時候不見了。不知道是去哪裡、怎麼運走的。鯨魚擱淺的時候雖然有新聞，但處理的時候卻連報紙的邊角版面都沒有。

到了學校，我直接去生物教室。一看到平常的夥伴們，便有種放鬆的感覺。

我呼地吐出一口氣，把書包放到桌子上。

「早安——羽澄！」

綾瀨一如往常用有精神到不自然的聲音迎接。

「早安。」

「今天好熱喔——！光是騎個腳踏車就滿身汗——。」

「因為是夏天了。」

「因為我是人魚，所以很怕熱呀——。」

「嗯，喔。」

我簡短的回答，她笑著說「好像一點興趣都沒有欸——」。

這種輕鬆的感覺很舒服，我不由得嘴角微揚。

一如往常地各自選擇喜歡的事情打發時間，快到中午時，傳來啪答啪答的匆忙腳步聲。

怎麼回事？我覺得奇怪，看往門的方向時，我們班班導一臉慌張的跑了進來。然後迅速環視，視線停在綾瀨身上。

「綾瀨！妳來一下！」

班導招招手，她立刻站起來往班導那邊走去。

班導把手放在她肩膀上說「妳冷靜點聽好」，然後附耳跟她說了什麼。

綾瀨的臉色變了。但是，並不是驚訝或是受到打擊，而是困擾、傻眼似的，某種複雜的神色。

就在我想著到底是什麼事的時候。

「怎麼了？」

沼田老師擔心的往導師那個方向靠了過去。導師壓低聲音迅速的告知了些什麼事。

「母親……救護車……醫院……。」

意外聽見這些洩漏出來的字詞，咦，我睜大了眼睛。

慌忙看向綾瀨。她就這樣微低著頭，咬著唇。

「妳在做什麼！」

回過神來時，我已經喊出來了。

教室裡的所有人就像看到幽靈出現一樣，全轉過頭來。我自己也因自己能發出這樣的聲音而嚇了一跳。

不過，這不重要。我站到綾瀨眼前。

「妳媽媽被救護車載走了對不對？趕快去啊！」

「啊——嗯……不過，應該沒事吧？」

她一臉比平常沒力的樣子嘿嘿笑。我的聲音一下子變得更大。

「還不確定到底有沒有事吧？」

我想起了『那時候』的事。

年幼的我，聽到媽媽說哥哥被救護車送到醫院時，心想著沒什麼，不是什麼大事，只不過是受傷，哥哥沒事的。

「說不定會後悔喔！」

我把心中想法喊出來後，綾瀨睜圓了眼睛眨了眨，接著無力的一笑。

「……也是啦。」

有氣無力的聲音。莫非她是被突如其來的消息嚇到，不敢去嗎？

「要不要陪妳一起過去？」

我無意識地開口問。她立刻波浪鼓似的搖搖頭。

「不用了，沒事的。我習慣了。」

「咦？」

習慣？綾瀨的母親生病了嗎？但若是這樣就更該把握時間才對。

「我一個人沒問題——那，我先走囉！」

她不知何故做了個敬禮的姿勢，拿著書包離開教室。導師喊著「喂，綾瀨！」慌慌張張地跟在後面。

我看著她頭也不回奔跑離開的背影，忽然想起來。

好像剛升上高二的那個四月，跟今天一樣，上課時突然導師過來，把她叫到走廊上。過了一會，回到教室的她默默地收拾東西回家。

莫非，那時也是類似的情形？

「還好嗎……？」

停下正在閱讀圖鑑的手朝我看來的後藤，擔心的低語。

「我聽說過綾瀨似乎沒有爸爸，然後她好像是獨生女……要是媽媽倒下，綾瀨一個人會很辛苦的。沒事吧……？」

我一邊聽他說一邊想。

加入生物社大概兩個月，我跟她有很長一段時間是一起度過的，雖然天南地北的聊了很多，但卻彼此都沒有提過各自的家人。迴避到不自然的程度。我完全不知道她沒有父親、沒有兄弟姐妹。

身邊的高中生理所當然地會在平常的閒聊中提到家人。可是，我跟綾瀨卻從未提到過家人的話題。

我們隱約察覺到彼此都承受著一些事情——至少我是這樣的，我想她恐怕感受到我家有什麼狀況——但是，我們都不去碰觸彼此的問題。

只是時時意識到不能去觸碰這件事而已。

就像是共享一個絕不能說出口的巨大祕密的，共犯。

我有點在意綾瀨昨天的狀況，因此打算今天早一點去學校。

被母親知道會東問西問很麻煩，所以只簡單吃了一點早餐，就在默默要離開家門的時候，聽見母親狂亂呼喊我的聲音。

「——小想，小想？小想！」

我硬是把嘆息吞回肚子裡，停下往玄關前進的腳步，回應「我在這裡！」。把書包放在走廊尾端，往聲音的來處而去。

臉色蒼白的母親從房間裡飛奔而出。

「睜開眼發現小想不在，我以為你離家出走了……！」

我微微搖頭說「怎麼可能」。

「我不會離家出走……今天得早點出門。看妳還在睡，所以不想吵醒妳，安靜出去……」

「不行!!」

我話還沒說完，就被高亢的慘叫聲打斷。

接著母親雙手掩面，淚珠串串滴落地哭了起來。

「不要丟下馬麻……要是連小想都沒有了，馬麻就，沒辦法活下去了……。」

啊啊，慘了。我明明一直都很小心的，結果仍然喚起了母親最不願回想的記憶。

哭聲像無數的箭矢，射穿我全身。我像是被縫死在背後牆壁上似的動彈不得。即使如此，我還是硬擠出聲音。

「沒事的……我之後絕對不會沒跟馬麻說就離開家的，每天都會這麼做的。」即使如此，即使如此，哭聲還是沒有停止。像附著在耳膜上，在耳朵裡持續悶悶地迴響。頭好痛。

「馬麻，不要哭……我答應妳就是了。」

反射性的，說出平常一直說的話。

「馬麻希望的事情我什麼都願意做，馬麻不希望的事情我絕對不做……所以，拜託，不要哭了。」

在這樣安撫的時候，母親的混亂一點一點平息，最終停止哭泣。接著緩緩起身，走進和室。

母親像要倒下似的，踉踉蹌蹌坐在佛壇前的座墊上。

緩緩的、用非常仔細的動作點燃蠟燭，點上線香，插進香爐裡。線香的煙輕輕地在空中飄蕩。

母親雙手合十，閉上眼睛，所以我也在旁邊坐下，同樣合掌。聽見窗外的蟬鳴聲。

就在跪坐到腳麻的時候，母親終於抬起頭，熄了蠟燭的火，小聲地說「小想」。

「學校……一切順利嗎？有沒有……跟人吵架？馬麻真的每天每天都很擔心……不知道會發生什麼事……。」

「沒事的。我……」

我一邊回答，一邊看向放在佛壇中央的遺照。

「……因為我，不一樣。我是不覺得一定要跟人好好來往，也感受不到來往必要性的類型。一個人很舒服，一個人獨處很開心。真的。所以我跟班上同學只有最少、最必要的對話，一開始就像空氣一樣，不會發生衝突的。」

母親小聲地說這樣啊。

「……這樣就好。反而是這樣比較好也說不定……。」

已經不知道多少次、重複好幾年的對話。即使如此母親還是每天都會問我，我也每次都會回相同的話，母親也做一樣的回應。

「社團活動怎麼樣？有心懷惡意的人嗎？」

這是跟平常不一樣的問題。

出乎意料的詢問讓我瞬間語塞，然後像要將它消抹去一般笑了。

「沒有這種人。而且不是人數很多的社團。另外兩個人雖然怪但我行我素，對其他人也沒什麼興趣，是絕對不會傷害別人的人。」

母親放心似的鬆口氣。

「太好了……可是要小心喔，因為人不知道什麼時候會怎樣改變。萬一覺得有點奇怪的話，不要忍耐，要立刻逃走唷。知道嗎？」

「嗯，我知道了。沒事的。」

「拜託你了。」

母親緊緊握住我的手。用力到幾乎會讓血液停止流動、皮膚變白。

「馬麻一直、一直，絕對會站在小想這一邊，就算整個世界都與小想為敵，馬麻也絕對會站在小想這一邊。如果有什麼煩惱，都要立刻說出來唷。」

「嗯，謝謝……那，我差不多該走了。」

「啊呀，早餐呢？」

「沒關係，我吃了土司。」

母親皺起眉頭。

「自己烤的嗎？這很危險啊，要是燙傷了怎麼辦？這時應該要把馬麻叫醒才對呀。」

糟了。答錯了。

「啊……嗯，我下次會這麼做的。」

「這就對了。小想不要碰危險的事，馬麻會全部幫你處理好。」

「嗯，謝謝。」

頭好昏，身體好沉，好想早點去學校。

「那，我出門了。」

母親雖然一臉還想說什麼的表情，但我眼睛看著時鐘，裝著要沒有時間了的樣子，掛著微笑走向玄關。

「路上小心，一定一定要小心。」

「好，我出門了。」

當門關上，母親送我出門的臉關在門的另一邊，我呼吸到外面空氣的瞬間，有種終於鬆口氣的感覺。

和母親說完長長的話後，真的很累。

我覺得，那個人是透過對我的一言一行，去消解哥哥那時的挫敗和後悔。說是在擔心我，可其實心裡想的全是哥哥的事。

這讓我非常低落。

雖然今天外面宛如蒸籠般溼熱，不過即使是被太陽光晒得熱騰騰的空氣，也比繭縛在家裡的感覺要清爽得多。

我的哥哥，在十年前自殺了。

真的是毫無徵兆，一點異常都沒有，但某一天沒有告訴家人突然消失，再次回家時，就變得宛如蠟像一般發白、冰冷、僵硬。

那是哥哥高中一年級，我小學一年級，暑假即將結束的時候。

早上，我跟母親睡醒時，已經不見哥哥的身影。平常我們一定會三個人一起吃早餐的，儘管然覺得奇怪，是怎麼回事呀，但我和母親覺得應該是跟朋友出去玩了吧？畢竟哥哥從小朋友就多。

但其實，哥哥是早上一個人離開了家，往暑假期間的高中去，從空無一人的校舍頂樓一躍而下，被老師發現倒在地上。

我吃完早餐後，在自己房間看書。從樓下傳來電話聲音後不久，就聽到母親匆忙上樓的腳步聲，打開我房間的門。

『想，我們要立刻出門，快準備一下。』

母親只說了這些，又再度匆匆忙忙下樓。

我就在不知道發生什麼事的狀況下換好衣服，把正在看的書收進包包裡。

坐計程車的時候，母親一路上都低著頭，雙手摀著臉，什麼話都沒有說。

沒多久後到了醫院，母親不知道被穿著西裝的男人們帶去哪裡，我則是有自稱是學校老師的女人、自稱是警察的年輕男人陪著，在候診室的椅子上坐著等。

我完全無法理解是什麼狀況，沒有人跟我說任何話。但是，好像是哥哥出了什麼事，那時我想，大概是受傷了。

等了幾個小時，我跟回到候診室的母親一起搭計程車回家。

『……你哥哥，過世了。』

母親低語。我『欸』的一聲喊出來，想問母親發生了什麼事，可當下並不是個適合開口問的氛圍。

接近半夜時，單獨外派的父親從工作地點趕回家。見到面的瞬間，父親面無表情的甩了母親一個耳光，我嚇得全身僵硬。母親就維持著被打的姿勢一動也不動，父親發出粗魯的腳步聲在家裡走來走去。我只能眼睜睜的看著。

我後來才知道，哥哥好像從國中開始就被暗中霸凌。年幼的我雖然沒聽到詳細的來龍去脈，但從大人的話語中還是聽到了一點。哥哥在社團活動時跟其他人起了衝突，演變成被孤立的狀態，對方的惡行越來越過分。上了高中，哥哥還是跟那個不對盤的人在一起，即使升學，霸凌也沒有結束。

接著，哥哥在暑假的最後一天，八月三十一日，選擇了死亡。

母親好像完全沒發現哥哥和人起衝突或被霸凌的事情。到前一天晚上為止，我眼中的哥哥，也和平常沒有不同。

所以，我覺得沒能阻止哥哥的選擇是無可奈何的事。可是，母親非常非常的自責，這七年來一直後悔不已。

接著，她一直把我放在她的視線範圍內，像是不想再重蹈覆轍般拚盡全力。

我切切實實地了解母親的心情，也按照母親所希望的活下去。

但是，不知道為什麼，最近常常有覺得喘不過氣的時候。

我到社團教室時，綾瀨已經到了。

「令堂沒事吧？」

我開口先問這件事，她笑著點頭說「啊，嗯！」。

「完全沒事！只是有點類似感冒這樣——謝謝——讓你擔心了。羽澄人真好！」

她像平常一樣若無其事地說，我的視線停留在她的服裝上。

夏季制服外頭套了一件長袖針織衫。在這種天氣預報說非常炎熱，母親擔心到要我帶著運動飲料和保冰袋的大熱天裡。

在我問出為什麼之前，她可能是感受到我的視線，歪頭笑著說「啊，這個——？」。

「哎呀因為我是人魚嘛——怕日光直射呀，而且其實應該在水裡生活的。所以一被太陽晒到皮膚就會變超紅，會冒溼疹一類的東西。所以用UV CUT的長袖阻擋紫外線！人魚也是很辛苦的喔——。」

她滔滔不絕地說。

但是，她的表情似乎帶著些焦急跟警戒。

然後，我注意到了。從她右手壓著的左手袖口，露出一塊藍色的瘀青。就像是被緊緊抓握時留下的指痕。

我想著應該不可能，但視線還是反射性地往下。

她裙下露出的腿上，有幾個瘀青，和不知道撞到哪裡造成的痕跡不同，是被什麼東西用力打到的瘀青。

看似我行我素，但其實相當會看別人臉色的綾瀨，當然注意到了我的視線。

「嘿嘿——曝光了嗎？」

她一邊像是要讓裙襬長一點拉拉裙子，一邊笑了起來。

「不愧是羽澄啊，沒辦法糊弄你呢。」

放棄般的說。

「……這個，是人魚病的症狀喔。」

綾瀨如是說，稍微拉起裙襬。拳頭大的瘀青，在雪白的皮膚上染上顏色。

「看起來像是受傷，但其實不是。這是之前還是人魚時鱗片留下的痕跡。」

我默默地聽她說的話。

「要是這個鱗片的瘀青覆蓋全身的話，心臟就會停止。從瘀青出現到死亡，大概三、四個月左右。我是五月初出現瘀青的，從那時候就知道自己沒多久就要死了。」

這麼說來，她約我進生物社的時候有說過。「請聽來日無多的女孩最後的請求」什麼的。

「我只能再活一個月吧，剛好是暑假結束的時候……死掉之後啊，會化成海裡的泡沫消失唷。」

她雙手圍成圓形，然後做出「啪」一下破滅消失的動作。

反正是，謊言。什麼不治之症、來日無多，都是青春期常見的、了無新意的妄想。

綾瀨撒的謊，總是非常容易分辨，似乎打從一開始就不打算騙到人那樣的單純。

但是，雖然知道，可一看見她蒼白，儘管臉上笑著卻失了魂似的怪異表情，便莫名覺得背脊發涼。

我想和她說話。即便自己也不知道該講些什麼，但大概是「這傷是怎麼回事？」、「妳沒事吧？」這一類的。

可腦中一隅的另一個自己說，不不，別開口。

像平常一樣隨便說「喔」、「這樣啊」就好。

避免多餘的來往。不要牽涉太多。你一直都是這麼做的吧？然後順利地這樣活了過來。

警鐘大響。

她和我一樣，一定有不想讓別人知道的事。當然我完全沒有想問的意思，也不想知道。然後她也不想追問任何關於我的事。

我們了解彼此都有想隱藏的領域。這關係微妙的舒服。

如果我現在聽過她說的謊就算了，就能繼續現在的關係。

相反的，如果戳破她的謊言，走進她的內心，就不能再對她不聞不問、不負責任，也不能漠不關心了吧。

我腦中清楚了解我現在應該做什麼。

可是，有什麼——恐怕是叫作心或感情的東西——讓我開口，說出和腦中所想完全不一樣的話語。

「……其實，我也馬上要消失了。」

明明是自己說的話，綾瀨一臉驚訝的睜大眼睛。

「碰巧和妳一樣時間……夏天結束的時候，我也會死。」

我笑著繼續對啞口無言的她說。

「騙妳的。」

「……欸？」

「反正妳也是在說謊嘛。」

我一說完，她就開心的笑出聲回答。

「嗯，騙人的。」

「這也是說謊。」

「啊哈哈哈！或許吧——。」

這種沒營養的對話，像笨蛋一樣。
綾瀨突然轉身，慢慢走到窗邊站著。
我也跟著看向窗外。
海面像散落著光點似的閃閃發亮。藍色的天空上湧起大片積雨雲。不知從哪裡傳來蟬的合唱聲。風息一如往常溫溫的。
我想，是我說出了改變我們關係的，決定性的話語。
會怎麼演變呢？雖然我不知道這是好是壞。
「那，這是我們兩個最後的夏天了吧。」
綾瀨靠在扶手上撐著臉，小聲地低語。
最後的夏天。這聽起來還不錯，我想。
過了半晌，她猛地一下轉過頭來。臉上浮現出相當燦爛明亮的笑容。
「吶，羽澄。我們去約會吧。」
「……咦？為什麼？」
無法相信自己聽到了什麼，導致思考意外停止。
她帶著笑容繼續追擊僵住的我。
「為了最後一個夏天的記憶，去約會吧！」

SAYONARA USOTSUKI
NINGYO HIME

四章　人魚之籠

◇鐵柵欄與獅子

現在才發現，我其實沒有和朋友約碰面的經驗。

原因當然是由於我至今為止，從來沒有過能可以在假日約出去玩的好友。雖然我也不清楚羽澄跟我之間究竟算不算朋友。

這一點他大概也一樣。儘管約了要去動物園，不過他跟我連沒有彼此的聯絡方式這點都沒想到，只大致決定了「禮拜天去吧」就離開了，明顯感覺得出來他也不常和人約見面。

發現到這一點的時候是昨天，可週六沒有社團活動。想著現在得趕快決定時間地點的時候，結果打一開始就沒辦法聯絡他，所以束手無策。

因此，當天早上，我算準動物園的開門時間出了家門。

搭上公車，在『動物園前』的公車站牌下車，跟著人群走了一會，穿過大門，停在寫了『購買入場券』的看板前。我想，在這裡總是會遇到的。

等了三十分鐘後，羽澄沒有出現。

什麼時候會來呢？會到這裡來嗎？說不定會在完全不一樣的時間、到不一樣的地方。

搞不好也有可能一開始就不來。我們只決定了日期和地點，沒約好碰面的地方和時間，而且他本來就對此沒什麼興趣。

「為什麼我非得和妳去約會？」

邀他創造記憶去約會的時候，他一臉嫌棄的說。

你是對的，我想；但我還是換著不同方法繼續約他。我說『這是我一生一次的請求！』，他對我皺著眉說『這理由妳以前用過』，不斷拜託『你要是不去我會死的』，他一臉認真的回我『去了也會死不是？』，但最後還是讓步了。儘管非常勉為其難。

不過，因為是這種狀況，發現時間和地點都沒決定的時候，他一定會覺得『那這次就不算數了』。不管等幾個小時都不會來吧。

就在腳底下緩緩冒出這種不安感時，好像有什麼東西壓在我低頭看著的自己的影子上。

「妳啊……。」

突然有個聲音從頭上傳來，我嚇得抬起頭。

「是妳約的，至少要決定碰面的地方吧。」

羽澄站在那裡。

因為我開始覺得他一定不會來了，真的很驚訝。

目瞪口呆地看著一臉傻眼的他。

「算了，我沒發現也有錯就是了。」

我沒有聽完他說話的餘裕，喊著「等一下！」地抓住羽澄的肩膀。

他的額頭、太陽穴上都是汗。今天雖然是個大晴天，但氣溫不高，乾燥舒適，而且還是早上，平常走路會覺得涼涼的。

「滿頭大汗，羽澄！是怎麼了!!」

在我腦中一片混亂，想著得讓他補充水分，視線梭巡尋找自動販賣機的時候。

「……我到處找妳啊。」

他一臉更啞口無言的表情，深深嘆了口氣。

「欸!?到處找!?找我!?」

我吃驚得不得了，「欸——騙人——！」的喊出聲。

雖然羽澄冷冷快刀斬亂麻說「閉嘴」，但這哪有辦法沉默。

「那個羽澄！特意！我！找……！」

「所以說閉嘴。」

他的手突然動了，很快地朝我伸來。

我的肩膀無意識地驚嚇抽動，於此同時，他的手掌遮住了我的嘴。

我們兩個就這個姿勢僵住。他大概是被我的反應嚇到，不知道該怎麼辦才好，我是因為有自己的反應而害羞尷尬才僵住。

「他們兩個在做什麼啊──？」

天真無邪的孩童聲音，從我們旁邊經過。

「哎呀，不能看喔。」

聽見孩子媽媽提醒小朋友的聲音。太丟臉了，動不了。

「那個……還好嗎？」

這次是年輕女孩的聲音，我跟羽澄同時看了過去。看起來沉穩、溫柔又可愛的女孩，帶著一臉擔心的表情看著我們。她的右臉有紫紅色的胎記。年齡似乎與我們相仿。

「是不是身體不舒服？」

「欸？」

「想吐什麼的……。」

顯然，她似乎是覺得我想吐，羽澄才壓住我的嘴。

「不介意的話，請用這個。」

站在女孩身旁的男孩，遞給我們一個塑膠袋。是個好看到不得了的男孩。

「啊，不好意思，沒事。謝謝。」

羽澄慎重的道謝。

「這樣呀，太好了。」

兩人帶著微笑離開了。他們之間的對話傳到我耳中。

「啊啊，是不是我多管閒事了啊。看起來只是感情好……。」

「不會啦，沒事。千花真溫柔。」

「嗯嗯，留生也是……。」

看起來非常非常幸福的一對情侶。

「……走吧。」

羽澄緩緩鬆手，小聲地說。

「走吧。」

我點點頭，朝著售票處走去。

「羽澄，你去哪裡找啊？」

「一開始我想妳會搭公車來，所以在公車站等，不過看起來是沒有，才想說不定是家人送妳來就跑去停車場，沒找到之後接著去正門前面等了一下，判斷妳先進來了所以才跑到這裡。」

羽澄一臉疲倦的嘆氣。

這是縣內最大的動物園，從停車場走到園內至少要十分鐘。

「原來如此……真的繞了很多地方啊。抱歉，辛苦了，謝謝你。」

「真的是喔，又熱、又遠、一團糟。」

「是啊，真的很抱歉，謝謝你。但是，你很努力在找我，沒有想過我不會來嗎？」

他的視線緩緩往下，眼睛直直看著我。

「那個……我想綾瀨不是會臨時爽約的人。」

「……這樣啊，這個這個……。」

我莫名害羞起來，沒辦法好好說話。

有人相信總是滿口謊話的我。

在售票口排隊等待的期間，我無事可做，呆呆看著旁邊的羽澄。

這麼說起來，我們是第一次在學校外碰面。沒怎麼見過他穿便服的樣子，不由得一直看。

淺藍色襯衫，搭配深藍色牛仔褲和白色單肩帆布包。襯衫有好好燙整過像是新的一樣乾淨整潔，牛仔褲沒有一點髒汙，包包白得像是照到太陽會發亮。看得出來處處都是經過仔細打點的。這麼說起來，他在學校他也是穿著比任何人都整齊的衣服。沒看過他襯衫有皺折、褲子沒褶線。

羽澄的頭髮筆直清爽，皮膚看上去白晰滑嫩，還帶著光澤。他這樣的外表搭配上乾淨整齊的服裝，看起來就是個想吐槽他是什麼少女漫畫裡的主角那樣的爽朗好青年。雖然心裡很彆扭。

「羽澄你難道是個大少爺？」

看著入口的他「欸？」一聲垂下眼，微微皺眉。

「並沒有……為什麼？」

「衣服好像很貴啊。」

「喔……不，只是看起來而已。我媽是個每天不燙好衣服就不舒服的人。」

「嘿……這樣啊……。」

我無意識地低頭看自己的衣服。和平常一樣的，制服。制服外頭加了一件針織外套。

我其實是想穿便服來的，可家裡沒有能見人的漂亮衣服，也不知道哪件有洗哪件沒洗，能找到最得體的衣服便是制服。媽或許是討厭被老師說什麼，從我小時候起，就只有制服會幫我好好清洗晒乾。

「我呢——今天早上起來想說是平常日就穿上了制服！想說換衣服好麻煩啊，就這樣穿來啦——。」

我隨口說完，羽澄沒什麼興趣的「嗯嗯」小聲回應後說：

「在人群裡頭，穿制服容易看得見，幫了大忙。」

「……這樣呀。這樣的話結果是好的。」

我莫名想哭。

「是個好天氣呢——適合逛動物園！」我抬頭望向晴朗的天空。

羽澄什麼都沒有說。

我們在動物園中隨意散步。

既沒有特別想看的動物，這裡也不是必須照順序走的開放空間，真的是想走哪裡就走哪裡。

當答應我要去約會的羽澄一臉無可奈何的問『想去哪裡』的時候，什麼都沒想的我心血來潮地回答『動物園』。

雖然覺得電影院也好、遊樂園也好、水族館也好，有約會感的地方哪裡都好，但我想我們是生物社，去動物園正好。

犀牛正在洗澡。在牠比想像中還大的身體上，覆蓋著無論被什麼猛獸咬到都紋風不動，宛如鎧甲般厚重的皮膚。牠一邊享受從水管裡噴在身上的水，一邊很舒服似地瞇起小小的眼睛。

無尾熊雖然有十幾隻，但大家都背對外面坐在粗大的樹幹上，沒一隻看得到臉。但默默吃著尤加利葉的小小背影很可愛。

企鵝非常有精神。在陸地上笨拙行走的樣子，和在水中像子彈一樣迅速悠游的樣子，完全不像是同一種生物。

聚集在岩石山上悠閒晒太陽的海豹。。

專心大啖高聳樹上茂密樹葉的長頸鹿。

躲在巢穴中，只看到一截尾巴的豹。

看著前方一動不動的斑馬。

靠在一起彼此理毛的黑猩猩。

只有鼻尖露出水面的侏儒河馬。

抱著冰塊玩耍的北極熊。

滿臉笑意看著這些自在生活動物的人們。

這當中有森冷冰涼的鐵柵欄，或是高到要抬頭看的圍欄。

所有的動物在籠裡。牠們之中卻沒有任何一隻想走出籠外。這是為什麼？

「——吶，羽澄。」

我的眼睛追著在鐵柵欄前左顧右盼、走來走去的獅子，出聲詢問身旁的他。

「你覺得動物園裡的動物和野生的動物，哪一邊比較幸福呢？」

羽澄也盯著獅子看。

「獅子、大象、斑馬，在籠子裡被人類照顧和在草原上自由奔跑，究竟哪一種生活比較幸福……。」

動物園裡的大象，被看都沒看過的粗柵欄圍起來。說是柵欄，更像鐵柱。八成是因為若大象逃走的話，人類無法抵擋吧。大象被關在一分鐘可以繞一圈的狹小空間裡，似乎茫然地看著天空。

獅子在沒辦法全速奔跑的堅固獸籠中，儘是毫無意義、漫無目的的到處走。大口吃掉丟進來的肉塊。

「……這個不問獅子或大象哪會知道。」

羽澄淡淡地回答。

「這樣啊……說得也是呢。不過，這是我個人的想法就是了……。」

我想起某次看到的電視畫面，娓娓道來。

「我很喜歡看動物記錄片，偶然看見的。獅子襲擊一群斑馬，其中一隻雖然拚命逃走，最後還是被抓到了。而且沒有完全停止呼吸，就活生生的被開膛破肚、吃掉內臟，覺得很震驚啊。斑馬的小孩呢，在長大之前幾乎都被肉食性動物吃掉了。若是因為生病或受傷而衰弱，就會被等不及斷氣的禿鷹活活啄食……。」

光是看都覺得心痛的影像。斑馬的腳被咬住，拖倒，喉嚨被咬住而窒息。獅子追捕獵物時的銳利眼神。

「但獅子也不是無敵的呀。集體狩獵不順利而食物不足，就算是獅子，小時候也會被其他動物襲擊，能順利長大的獅子只有五分之一。還有啊，被獅王驅逐出群體的年輕公獅，會為了找吃的獨自徘徊好幾天，而漸漸衰弱。終於找到獵物時卻狩獵失敗，就這樣筋疲力盡的倒下，只能看著在旁邊吃草的斑馬，蒼蠅在身上亂飛，靜靜地死去。最後被等著獅子斷氣的鬣狗吃掉。」

斑馬們就在旁邊，近到稍微跑一下就能立刻抓到。可幾乎餓死的獅子已經沒有這種力氣。本來想吃點什麼東西，還是放棄了接受死亡的細瘦背脊。

這嚴苛的大自然影像深深烙印在我的腦海中，是多麼悲傷、寂寞的身影啊，每次想到都覺得心疼。

「肉食動物、草食動物，都為了活下去而拚盡全力。好不容易熬過一天，到處找吃的，但是也不能保證能找到，不知道什麼時候會被襲擊而死。」

這必定是人類無法想像的壯烈世界。並不只有自由。

動物園裡飼養的動物們應該不會有這種感覺吧？總是有充足的食物，要是受傷能得到處理，生病了也有獸醫看診。或許他們並不期望，但至少在年紀到了之前就死亡的可能性應該大大降低。

「野生的動物，一定總是餓著肚子，處在不知道什麼時候會死的危險中拚命活著。壽命比起動物園裡的動物也短得多。外面的世界或許很自由，卻時常伴隨著危險……。」

羽澄沒有應和，靜靜聽著我雜亂無章的話。我不知道他怎麼想。看不出感情的眼神，一直朝著籠子的另一邊。

獅子停下腳步，坐到地上，盯著什麼都沒有的岩石看。

「……或許，那些野生動物的眼中，在動物園裡被飼養的同伴，看起來是非常幸福的啊……。」

我下意識地，小聲地說。

自己也不知道為什麼會這樣講。

大概是把籠子裡的動物和自己重疊了。

籠子裡的動物，或許比自由的野生動物要幸福。

也就是說，人類也是，在雙親的庇護下，即使連自由離開家裡都不被允許，但和獨自去外面的世界自力更生相比，還是舒服且稱得上是幸福的吧。

我，是這麼想的嗎？

把不被允許的未來用灰色塗滿，連自己心中的憧憬都消抹去了嗎？

——————◆籠中鳥不知何謂天空

大多數的人，都覺得能在大自然當中自由奔跑的野生動物，比在動物園裡飼養的動物要幸福吧？常聽到覺得動物園裡的動物可憐的聲音。

但是，綾瀨似乎不同。比起對自由的憧憬，她對籠中的安全感受更加強烈。

那我呢？如果要選擇是喜歡自由的世界還是安全的世界，我會選哪一個？

「動物是想著什麼生活的呢。對於動物而言，每天的期待啊、生存意義啊，到底是什麼呢？」

離開看著空氣一動不動獅子的獸籠，她自言自語似地說。

生存意義。聽到這個詞的瞬間，母親老是對我說的話在我耳朵深處迴盪。

『只有你是我的生存意義喔』。

叮的一下耳鳴了。

『要找出自己生存的意義』。

這好像是班導跟我說過的話。

生存意義究竟是什麼。為此所苦而選擇死亡的人好像也很多，但我覺得生存意義是幻想，並非必要。

對生存意義有所追求的人享受生活，分享人生的喜悅是沒關係，但希望不要把這種生活方式強加在其他人身上。可以稱之為生存意義壓迫嗎？也是有像我這樣被「有生存價值才好、一定要找出生存價值的價值觀」壓迫而覺得痛苦的人。

大概是我在想事情發呆害的，想換一下腳站的位置而挪動身體，同時在無意間視線往下的時候，發現了腳尖前的地面上有斷斷續續移動的小小黑影。啊，想到的時候已經晚了，我的鞋底不小心踩到正在工作的螞蟻。

我立刻讓開。扁到像是貼在柏油路面上的螞蟻，已經一動也不動。

這麼簡單就死了。我沒有打算殺它，它也應該不想死。但是，我不小心殺了它，它意外地死去。

我在心中雙手合十祈禱，再次陷入思考的海洋。

動物只是為了活而活，該死的時候到來便靜靜的死去。就只是這樣。牠們只是依照本能行動，應該不會思考要追尋將來的夢想、想要幫助不認識的人。

人類也是動物的一種，所以應該也有遵循這種生活方式的人吧？

我小聲的對綾瀨答了一個嗯，之後再也沒說什麼。

她也只講了想說的話，而後陷入了沉默。

她難得安靜，不知道該說什麼打破沉默的我，莫名的覺得困窘起來。

我繼續沉默地邁開腳步，她也沉默地跟在我身後。

就在看見出口的時候，突然有人用力拍我的背。我皺著眉回頭一看，她帶著一如往常、明亮非常的笑容。

「羽澄！難得來玩，去吃冰淇淋吧！」

我當然沒有拒絕的權利。綾瀨最後總是牽著我的鼻子跑。

「當你陪我來的謝禮，我請你吃——。」

她沒聽我回什麼，就走向附近的小店。我無可奈何的追上去。

「請給我兩支冰淇淋」的點完後，我補了一句「請再加兩杯冰咖啡」。她的眼睛睜得圓圓的。

「當妳邀我的謝禮，我請妳。」

我這麼說完，綾瀨瞬間語塞。然後說「謝謝！」，不好意思的笑了。

回家時，在通往出口的途中，經過大型鳥類的展示場地。我莫名停下腳步。鷲、老鷹、鶴、康多兀鷲，一隻一隻各自分開來，在高高的籠子裡，停在棲架上休息。就像一個巨大的鳥籠。

我呆呆抬頭往上看，忽然視野邊緣掠過一個黑影。定睛一看，在頭頂上的遙遠天際，有兩隻鳥在嬉戲飛舞。他們在寬闊的天空中恣意迴旋的模樣，很快就遠得看不見了。

籠中鳥，以及在天空中飛舞的鳥。

關在鳥籠中的鳥，甚至連翅膀都不揮，就安靜的棲息在樹枝上。

牠們每天是用什麼心情，遠遠看著在頭上天空中自由飛翔的鳥兒呢？

牠們應該知道自己是能在空中飛翔的吧。應該飛翔過吧。

或許在動物園生、在動物園死的鳥，一次都沒在空中飛翔過，這輩子就結束了。

牠們大概不覺得在天空中飛翔的鳥和自己是同樣的生物。這麼一來，就沒有羨慕或嫉妒的必要。我想這應該是相當穩定的狀態。

如果不知道何謂飛翔，就不會想飛。不需要去想它。

不強求沒有的東西，在籠子裡享受和平安穩的話，被關起來的鳥兒一定能幸福地生活著。了解外面的世界，覺得自己應該也能去外面的世界，這想法不一定聰明。憧憬外面的世界一定是愚蠢的，只會給自己帶來痛苦。

因為，沒有辦法離開鳥籠。飼主絕對不會放牠逃走，其他的鳥類也不會去救牠們。

我偷偷瞟了眼站在旁邊的綾瀨。

她剛剛跟我說斑馬與獅子的故事，是有什麼意圖嗎。我一邊聽她說一直想。

綾瀨和我一樣，被鎖在沒辦法輕易離開的鳥籠中。所以才會說那些話。

將自己的棲身之所正當化，拚命尋找能把這地方當作是世界上第一安全而幸福之所的材料。想認為其他地方是危險而痛苦的，不值得羨慕。

我覺得是這樣。因為，我很清楚這種心情。

若是如此，讓綾瀨這麼想的人，到底是誰？

「吶，我們交換電話號碼吧。」

歸途的公車裡，綾瀨突然說。

我立刻回問「為什麼」。

「欸——什麼為什麼！好冷淡喔！我們是同班同學，又是同社團的夥伴！知道電話比較方便吧！」

和剛剛安靜的態度完全相反，她像平常一樣吵鬧。
「吵死人了。」我聳聳肩。
「而且，之後或許還有這種機會不是？」
她補了一句。
「這種機會？」
「約會！」
「……這不是最後的夏日記憶嗎？」
我淺笑回答，她一臉後悔地露出不開心的表情。
「不過算了，就當作是緊急聯絡人交換吧。知道了也不是什麼困擾的事。」
我一邊拿出手機一邊說，不知道為什麼，綾瀨露出驚訝語塞的表情。
沒想到會是這種反應，我也不知道該做何反應。
「……什麼？這什麼情緒？」
我開口一問，她像回過神來似的大大眨巴眼睛，而後笑著說「沒什麼！」。
「交換吧，交換！羽澄跟我說你的電話號碼，我新增聯絡人。然後打電話給羽澄你，你再儲存吧。」
「我知道了。」

「要好好儲存喔？」
「會啦……還是會。」
「啊哈哈！羽澄果然不是這麼冷血的人啊。」
真是沒禮貌啊，我做出斜睨的樣子，綾瀨呵呵看似開心的笑了。
「抱歉抱歉，羽澄真溫柔啊。」
「沒有。」
「有喔——。」
「沒有喔。」
「呵呵，沒關係，這我知道的話！」
什麼意思？我想反問，但她催著「好啦好啦快告訴我號碼」便作罷。
第一次儲存家人以外的電話號碼，有種這台手機好像不是我的東西的感覺，奇妙的無法冷靜。

我們在彼此的家的中間下了公車。一下車，潮溼的空氣便附在皮膚上。
「明明天氣預報說是晴天啊——。」

綾瀨抬頭望著天說。我也抬起頭。

早上天氣還很好，過了中午，薄薄的雲朵越來越多，搭公車的時候開始落下小雨。

或許是雨雲的關係，這附近已經染上淡淡的夜色。從天空降下的無數小小雨滴，就像一起落下的群星。

不知道誰先開始的，我們一起在濱海路上邁開步子。

說我出去一下，離開家門的時候，母親看起來異常擔心——這算是我第一次不是因為學校活動出門——一想起母親的臉就憂鬱，非常不想回家。

我完全看不出來綾瀨在想什麼。但是，似乎是一樣不想回家。

沒有目的，平穩地往前走。細雨打溼了頭髮、皮膚和衣服。

我瞥了眼旁邊的人，被街燈照著的雪白肌膚，在微暗天色中看起來像蘊含著光亮。長髮被海風吹拂，像扇子一樣散開。

如果綾瀨真的是人魚的話，她的頭髮，會像那隻熱帶魚的魚尾一樣，在水中優雅的緩緩搖蕩吧。她的皮膚，會在水面另一頭落下的月光照耀下泛著白光吧。我想像著這些毫無意義的事。

她異常安靜。總是滔滔不絕的她，一旦閉口不言，就會完全不知道她在想什麼。當然，我不覺得嘴裡說的跟心裡想的是一樣的就是了。

細雨轉強。已經不是沒傘還能走的雨勢了。但是，我跟綾瀨既沒有停下腳步、也沒有回家的打算。

幾乎沒有人車經過，非常安靜。只有打回岸邊的波濤聲、落在地面的雨聲，還有我們踏在溼透柏油路面上的腳步聲。

我啊，她小小開了個話頭。

「從小就很怕沉默。和其他人在一起，要是靜下來就會很焦慮，覺得該說些什麼。但是不知道要說什麼才好，就只好隨便講講，講一些當場想到的謊話。」

綾瀨再度陷入沉默。

「——啊，現在，有天使經過了。」

回過神時，已經說出這句話了。

她一臉驚訝的睜圓眼睛看著我。大概覺得我是說一些沒有意義的謊話吧。

為了表達我不是開玩笑，我補充說明。

「對話突然中斷，大家都沉默的靜下來，尷尬又掃興這件事，在法國諺語裡稱為『有天使經過』。」

「啊，原來如此。我以為羽澄一定是看見幻覺了。」

她呵呵笑了，看起來很開心。

「尷尬的那一瞬間說『有天使經過了』的話，有種會讓人不禁微笑起來，變得不尷尬的感覺耶。好可愛的諺語喔。」

綾瀨笑著，用明亮的語氣說話時，我莫名覺得心情很輕鬆。

在變熟之前，我明明覺得她呆呆的笑容和吵鬧的說話聲音很不舒服的，真是不可思議。

注意到的時候，我們已經走到淚岬附近了。

我停下腳步，綾瀨也是。

「欸……那個……。」

她睜大眼睛凝視，視線的盡頭，是海岬底部位置，有個穿白色衣服的女子站在那裡。從體型來看大概二十幾歲吧。淋著雨，直直盯著海面看。

「莫非是……想自殺的人？」

或許吧，我想。應該不會有人刻意在下雨天晚上到自殺勝地觀光吧。

「得去阻止……。」

綾瀨慌忙喊出聲，傾身向前要跑出去。

我抓著她的手阻止她。

「想死的話讓她去死也沒關係。」

她啞口無言地抬頭看我。頭髮貼在被雨打溼的臉頰上。

我微微低頭繼續說。

「世上許多人活著的時候在意周圍其他人的目光，被環境束縛著、被牽著鼻子走，一點都不能按照自己的意願生活。我想，那個人希望至少在自己死的時候，能按照自己的想法、在自己想要的時間死去。」

這麼一來，持續被他人束縛的人生，最後就能變成自己的東西。自己難以左右生，但能自己決定死。

不知道是什麼時候，我看到一位年輕男性看到從橋上跳河的女子，自己也立刻跳下，把人拉回岸上，在千鈞一髮之際救到人，而受到縣警表揚的網路新聞。

讀者對這篇文章的回覆，當然是以讚美男性的勇氣和溫柔居多，但不僅如此，也並列著批判性的意見。

新聞網站的留言欄，和以生活聯繫在一起的SNS不同，是單方面陳述意見的地方，匿名性更高，直接呈現人們毫不掩飾的真心話。

『雖然也有人說救人一命真是太好了，但不知道是不是真的好。本人或許覺得死掉比較幸福』

『阻止自殺並非美談啊。明明認真想死卻被人自以為是救起來只覺得痛苦』

『這是救人一方的自我想法。反正救完了之後就置之不理。結果繼續處在活著的地獄裡。

我想這個人還會再自殺，下一次要是沒人打擾能成功就好了』

『如果要阻止人家自殺，就要在連心理輔導都做到的心理準備上去做。要是沒有，那就不是救人，而是延長本人的痛苦而已』

正是如此，我想。

雖說活著會有開心的事，不過也是有人是一直痛苦地活著的吧？並非每個人都會在某個時候覺得『活著真棒』。說不定會覺得『那時候要是死了多好』。如果生活充滿痛苦，痛苦到認真考慮死亡的話，結果很有可能會因自殺未遂而後悔。即使如此，救人這件事對人類而言是正確的嗎？

以前，在漢文課上學過性善說。『若是看見掉到井裡的孩子，任何人都會想也不想的去救。人類的本質是善良的』這樣的話，但讀了文章的我，只覺得『救人不是因為對他人的關心或溫柔，而是若對要死之人視而不見，事後會覺得不舒服吧？是為了守護自己的心的自我滿足不是？』。

白衣女子開始往海的方向走。彷彿心不在焉似的腳步搖晃，非常緩慢的走著。或許是真的想求死。

「……因為，現在幫助他們又有什麼用呢？我們能負責那個人接下來非得活下去的人生嗎？」

如果沒辦法為她的未來負責的話，不顧後果的幫助是不對的。

所以，我不會阻止，認為不該阻止。老實說，我也沒辦法救她。

綾瀨沉默的看著我。接著意外地如是說。

「……羽澄真是非常認真的人啊。」

這意料之外、無法理解的話，讓我眉頭一皺。

「阻止自殺不是為了那個人，而是為了自己。為了不要有碰到想自殺的人卻視而不見的罪惡感，或是預防看到有人死去受到心靈傷害。也就是說，是為了保護自己。自顧自保全自己的偽善。」

她一臉吃驚地聳起肩膀。

「……好彆扭喔。你沒聽過『偽善總比不做好』這句話嗎？」

我忽然把視線從她身上挪開，回答。

「有是有，但我不覺得是對的。」

原來如此，綾瀨說。接著說「但是」。

「……但，怎麼說，我懂。」

「什麼？」

我回問，她一點一點低語。

「痛苦再三後，終於做好赴死的準備，要是在那裡被打擾真的很討厭啊……。」

空虛的眼神，看著淚岩附近。

「你不知不覺度過的『今天』，是昨天死去的某個人，拚命想活到的『明天』。……你有聽過這個說法嗎？」

綾瀨突然說。我緩緩眨眼。雨勢更大，我跟她都全身溼透了。雨從太陽穴，到臉頰，流到脖頸間。

「這原本是美國原住民相傳的諺語，但在各種書籍電影當中出現。」

她的嘴角露出一抹淡淡的微笑。

「我啊，第一次聽到這個話的時候，是這麼想的。要連同想活下去的人的份一起活下去，不覺得奇怪嗎？那相反的，若有人說『你活得幸福而滿足的一天，對某個人而言是痛苦到想死的一天，所以要連同那個人的份一起不幸』的話，大家會說不要的吧，絕對。」

那名女子走到了海岬的前端，把手輕輕放在淚岩上，祈禱似的垂下頭。

「所以，我覺得去責備想死之人的想死念頭，絕對絕對是不對的。」

我們一瞬間視線交會，而後同時轉身。

並非當事人的我們，不該毫無責任感的去多說她自己決定投身死後世界的決定與準備。

「——欸!?」

突然，傳來某個人的叫聲。

「哇哇哇！騙人是在幹嘛？那個人在做什麼!?欸危險危險!!」

與驚慌的聲音一起，眼前有一把藍色的雨傘和塑膠袋在半空中飛舞。一個如風般全力奔跑的人影朝那一端跑去。

「欸……後藤？」

綾瀨小聲地說。我看向那個跑出去的背，的確是後藤的背影。

「等一下等一下那個人！太危險了住手啊!!」

他一邊叫喊一邊全力衝刺，轉到看著海岬下方的女子身前。

「妳在做什麼！這太危險了要是掉下去會死掉的!!」

明明距離很遠，後藤的聲音卻大到連我們都能聽得清。另一方面，女子雖然做出像在回答什麼的動作，但聲音並沒有傳到我們這裡來。

女子搖頭，硬是把後藤推開朝懸崖去。

「哇——！就說了不行啊不行很危險啊!!真的會死掉的喔!?」

那個人就是要去死沒錯，我在心裡說。他腦袋裡的字典大概沒有自殺這個單字吧？

「不行不行不行，絕對不行!!」

後藤拉住女子的手腕，女子拚命掙扎揮掉。

攻防持續了一陣之後，他大喊「我知道了！」。
「那，我也一起跳!!」
咦？我和綾瀨同時喊出聲。
「是、是在說什麼啊那傢伙……。」
「欸、欸，現在是在說要跳嗎？」
「……我聽到的是這樣。」
我們面面相覷，下個瞬間，同時跑了出去。
「如果妳無論如何都要跳，我就先跳下去!!」
聽見他難以理解的大喊。後藤看起來是認真的，張開雙手擋住女子的去路，取而代之，自己踏上海岬邊緣。
糟了，得快點。雖然焦急，但體育課之外都沒在運動的我，雙腳完全無法隨心而動。綾瀨應該也一樣。
回頭一看，她在離我有段距離的地方跑著，怎麼看都太慢。而且，其中一隻腳還像拖著一樣跑的動作很不自然。難道是摔倒了。
但是，雖然抱歉，可現在沒有時間了。
我對著綾瀨舉起手喊著「不用急沒關係！」，接著對後藤大喊「笨蛋!!」。

我平常說話不會這麼大聲，想喊出來，那聲音卻微弱到自己都嚇到。

「後藤！不要做傻事！你在想什麼!!」

被更強烈的下雨聲影響，我的聲音大概沒有傳到他那裡去。

不管側腹的疼痛拚命奔跑，終於勉強到了海岬。

後藤以某個豪華郵輪電影的動作站在海岬前端。女子靠在淚岩上，用雙手掩著嘴。

「後藤，住手！」

我氣喘吁吁地勉強趕到，伸手抓住他的手腕。

後藤驚訝地往後一看，然後眼睛張得更大。

「……啊咧羽澄!?啊還有綾瀨!?你們為什麼會在這裡？」

我順著後藤的視線看去，綾瀨正氣喘吁吁往這裡趕。

或許是因為突然有人聚集過來而意志動搖吧，白衣女性喊著「對不起！」跑走了。後藤對著她離開的背影大喊。

「小姐——！很危險啊之後請妳務必小心喔!!」

喂——！後藤持續喊叫，我們在他身後面面相覷。

「……後藤這人，怎麼說，是少年漫畫主角類型的人哪。」

聽到仍然氣喘吁吁的她說的話，我也一邊調整呼吸一邊點頭。

「……我懂。雖然是個怪咖，但是，主角最後就是像他這樣的人。」
「我們是配角呢。」
「與其說是配角，不如說是只有畫到背影的路人。」
「啊哈哈哈！精闢——。」
綾瀨覺得好笑似地發出銀鈴般的笑聲。我裝做沒看見她那雙依然空洞且溼潤的眼睛。
「後藤，你為什麼會在這？」
她的問題，讓轉頭的後藤「嗯？」地帶點疑惑回答。
「我媽說鰹魚醬油沒了要我去買，順便可以買冰淇淋，所以我就去那邊的便利商店買啊。是說你們才是，這種時間在這裡做什麼？」
綾瀨瞬間沉默，然後露出燦爛笑容。
「……鑰匙。」
「鑰匙？」
「嗯，我不小心忘記帶家裡的鑰匙了，我媽工作還沒回家，所以進不了家門。」
她一如往常流暢的說謊。
「……我也是。」
我也模仿她如是說。兩個人同時忘記帶鑰匙，在夜晚的海岸邊徘徊，雖然應該不會有這種偶然，但後藤絲毫沒有懷疑。

「怎麼那麼慘？不然你們到我家來吧！」

他理所當然般的話，我心中受到打擊。

「呃……這麼突然的去拜訪太打擾了，更何況現在也太晚……。」

綾瀨表情有點緊張地說，我察覺到她好像跟我是同樣的想法。但是後藤一臉打從心底覺得不可思議的表情。

「打擾什麼啊？時間沒問題啦，看你們兩個都溼透了，要是感冒就糟囉，總之到我家來吧。」

後藤的家，是像現在這樣突然、隨時帶人回家也無妨的，被允許帶人回家的，理所當然覺得帶人回家沒關係的，不介意被任何人看到家裡、家人的『好家庭』。

想到這裡，我的心情宛如被推進鉛海一樣。

「……啊——嗯，那……承蒙好意了。」

她一邊回答一邊看向我。總覺得她的眼睛深處，蘊藏著和我相同的情感。吃驚、動搖，以及偷偷的羨慕與嫉妒。

「唉呀！啊啦啊啦啊啦——是怎麼了？大家這不是都溼透了!!」

後藤的媽媽看到我們的瞬間，兩手捧著臉頰大叫起來。

然後，打斷羽澄想說「初次見面，突然打擾非常抱歉，我是和後藤同學同班的……」的自我介紹，丟下一句「等下再說，先用毛巾擦一擦！」後便往裡頭跑。

和後藤好像，我想。

「抱歉，我媽很吵——其實不只我媽，大家都很吵就是了——。」

後藤這麼說的同時露出笑容。

「哥，誰來啦？」

小學左右的男孩，從前面的房間忽然探出頭。有著一張和後藤相似的臉。

「喔——是哥哥的朋友唷。因為他們淋溼了。」

接著後藤向我們介紹「這是我弟，讀小六」。

「好啦快擦一擦！」

啪噠啪噠的腳步聲響起，後藤的媽媽回來了。

她把雙手抱著的大量毛巾全部遞給我和羽澄，剩下的一條放在後藤頭上。

我和羽澄想也不想的要分幾條毛巾給後藤，可後藤媽媽說「沒關係沒關係！」的把毛巾推回給我們。

「不要客氣——正己身體壯得跟頭牛一樣，這一點點溼不會感冒的。」

「對對～～」後藤跟著點頭。

「因為他小時候啊，即使下雨天時會跑到外面花好幾個小時觀察蛞蝓，也連個噴嚏都沒打過。但是你們又瘦又白，好像馬上會發燒倒下啊！」

「媽媽，妳太失禮了吧？這就是我說的『太直白』喔。」

後藤弟像個大人似的說。看起來是個比後藤還酷的類型。

後藤媽媽笑著拍拍我們的肩膀開口。「唉呀這樣嗎？不好意思啊，我沒有惡意喔」。

「要用幾條毛巾都沒關係，如果不嫌棄的話去洗個澡也可以，不要客氣！」

「啊，好的，只要毛巾就可以了，謝謝您。」

我一回答，身邊的羽澄也低頭道謝說「謝謝您」。

「那麼，總之先不要待在玄關，去客廳吧。雖然亂七八糟的不太好意思。」

後藤媽媽的話讓後藤大笑起來。

「我家真的是亂七八糟沒錯，因為我媽是不會丟東西的人啊。」

「欸——你在說什麼？不是正己的東西多到滿出來嗎！小學時代的昆蟲玩具什麼的絕對不

會再用了吧？明明差不多可以丟了真是的，長大了還是沒辦法好好收拾啊。」
「不不媽媽才是結婚前的衣服什麼的都還留著吧！明明都穿不下了，我覺得其他各種東西一定是媽媽的比較多。」
「才不是呢！正己的……。」
「好了好了知道了！」
後藤弟用沒力的語氣阻止兩人的爭論。
「客人會很困擾的，趕快帶他們進去。真是的，兩個人真的是一點都不冷靜……。」
後藤一邊賊賊笑著一邊盯著他弟看。
「說是這麼說，但你兩、三歲的時候老是靜不下來，一下子就搖搖晃晃不知道跑到哪裡去了。一天到晚迷路，哥哥拚命找了好多次，有夠辛苦。」
「夠了——這些話！已經聽膩了！」
後藤和後藤媽媽一起笑了。
看起來好開心，我想。因為不開心的話，沒辦法笑出來。
我看了看旁邊，羽澄也毫無笑意，沉默地望向他們。
他們一定會想，怎麼帶了這麼陰沉的兩人組來。
後藤帶著我們往客廳去。走進客廳的瞬間，隔壁房間的紙拉門開了個縫，兩顆小小的腦袋，從縫隙間探了出來。

「哇！嚇一跳！」

我不由得喊出聲。小小的男孩與女孩，兩雙圓圓的大眼睛，看看我又看看羽澄。

「他們是我的雙胞胎弟妹，上幼兒園，還滿怕生的。」

後藤跟我們說。

「這樣呀。你有幾個兄弟姊妹？」

「還有個正處於叛逆期的國二妹妹，我們家一共有五個兄弟姊妹。」

「等一下！哥你不要隨便亂講！才不是叛逆期！」

一個要強的女孩在雙胞胎身後出現，皺著眉頭看著後藤。

「吼唷——哥真討厭——！」

後藤妹一邊抱怨，一邊跟著雙胞胎走進客廳。我們也隨之進入。

「隨便坐喔，我去準備飲料！」

後藤媽媽匆匆走進旁邊的廚房。羽澄雖然說「不用麻煩了」，不過對方大概沒有聽到。我們在圓桌前的圓形座墊上坐下。羽澄侷促不安的縮著身子，我也一樣。

後藤弟開始幫媽媽的忙。

後藤妹幫雙胞胎刷牙。

看起來剛洗完澡的爸爸走了過去。注意到了我們，露出笑容。

「歡迎。是正己的朋友嗎？我是正己的爸爸，正己蒙你們照顧了。慢慢坐喔。」

這個家裡的每個人，面對突然到家裡來的我們都既不吃驚，也不嫌惡，理所當然地接受並歡迎我們。

我從沒帶朋友到家裡過。我知道媽會不高興，也不想讓朋友看到我家，更重要的是，我沒有什麼親密的朋友。

就在我喝了後藤弟端來的麥茶時。

「吶吶你們看這個！這是我最珍貴的寶物!!」

不知道什麼時候不見的後藤，非常開心地坐在我們面前。他手上拿著一個像小箱子一樣的東西。

「等一下——不要啊因為哥的寶物在其他人眼中就只是垃圾！」

後藤妹皺著一張小臉說，但後藤絲毫不在意。

「有什麼關係？甲之砒霜乙之蜜糖啊！這樣很好。大家都喜歡同樣的東西的話不就會吵架嗎？就是因為大家各自把不同的東西當成寶物，所以世界才能順利運轉唷。」

「什麼歪理——？讓人家看奇怪的東西，你朋友好可憐喔——。」

後藤一邊被妹妹說「不管你了——」的同時，一邊讓我們看箱子裡裝的東西。是三個三、四公分左右的黑色石頭。

「你們看這個這個！超棒的吧——這是恐龍的化石！當然不是複製品是真的喔！」

「喔——很厲害耶。」

我雖然配合著後藤的情緒啪啪拍手，但老實說，那個貌似重要地放在小箱子裡面的東西，在我看來只覺得是普通的石頭。

「這個啊雖然只是去恐龍博物館的時候用壓歲錢買的，但竟然是那個！三角龍牙齒的化石！超厲害的吧超讚的吧超棒啦——！還有這個是棘龍的牙齒！算啦雖然只有一部分但這個尺寸要是完整的要好幾萬啊——然後這是薩爾塔龍蛋殼的碎片！狀態這麼好的化石真的超少見，表面也很乾淨。」

「啊……喔——好厲害。」

羽澄一直盯著箱子裡的石頭看。我想著他到底在想什麼的時候，那雙薄薄的脣忽然開啟。

「恐龍，生存在什麼時代？」

即使是這種唐突的提問，後藤也一臉開心地回答。

「恐龍的時代是中生代唷，中世紀雖然分為三疊紀、侏羅紀、白堊紀，但恐龍最早出現在三疊紀後期，距今二億二千五百萬年前左右。在那之後繁盛了一億六千萬年左右，在距今約六千六百萬年前白堊紀末期的冰河期滅絕。附帶一提，人類最早出現距今七百萬年前，所以從恐龍滅絕後到人類誕生前，大約經過了六千萬年啊。然後人類大約是兩百年前發現恐龍的，距離現在很近。所以至今恐龍的化石在地底沉眠了六千六百萬年喔。」

我不由得「哇——」的感嘆出聲。

「六千六百萬年什麼的，很厲害耶，聽都沒聽過的數字。繁盛一億六千萬年這一點也是，怎麼說，太壓倒性了無法想像。」

「對吧——我懂我懂，人類存在了七百萬年，對比恐龍存在了一億六千萬年啊，差距太大了——。」

也就是說，眼前的這小石頭，少說也是六千六百萬年前的東西了。六千六百年都夠讓人吃驚了，六千六百萬年，太壯闊了。

「……人類什麼的，真是微不足道的生物。」

羽澄低語。後藤好像沒有聽清楚，回問「嗯，什麼？」，但他沒回答。我也硬是保持沉默。

「兩位真是不好意思。正己講到喜歡的東西就會講個沒完，話真的很多，在學校應該也很麻煩吧？」

後藤媽媽苦笑著說。可是，看著後藤的眼神非常溫柔。

「要是帶來困擾的話可以隨便打斷他沒關係喔，反正這孩子自己一個人也可以說話。」

「不不，他總是跟我們說一些有趣的話題，聽得很開心。」

羽澄露出微笑以有禮的語氣回答。但我注意到了，他眼睛深處宛如幽深洞穴底部似的晦暗。

十五分鐘左右後，我們離開了後藤家。

雨在不知不覺間變小了。

雖然後藤的家人都「再待一下」的留客，但我們還是慎重有禮的拒絕了。

老實說，再待在那個空間太痛苦了。羽澄大概也是相同的心情，在我說話之前就先說「差不多該走了」，真是幫了忙。

「怎麼說……有種參觀拍攝家庭連續劇錄製的感覺。」

在看得見海的地方，我小聲地說。羽澄也小聲地「嗯」回答。

明朗、熱鬧、溫柔。像是繪畫裡描繪的溫暖家庭。

對待彼此的態度雖然看似不太客氣，但是外人看了都很清楚那是一個相當溫馨的家庭。一家人並不過度依賴彼此，而是自立且自由的。

正因彼此信任，才能像那樣互相開開小玩笑。我絕對沒辦法跟我媽說「煩死了」或是「太直白」這種話。簡單就能想像她氣炸的樣子。

「我一直覺得很不可思議，後藤為什麼能夠這樣總是我行我素、沉浸在自己的世界裡。」

羽澄緩緩地說。

「大概，是因為有強大的自我肯定感吧？這一定是生活在那樣的環境裡，才能培養出來的……。」

「對啊」，我點點頭。

我媽沒辦法離開我。但，卻不是因為愛我，或是因為擔心我，而是為了她自己。只是不想自己一個人覺得寂寞而已。

從我小時候就是這樣。明明幾乎連飯都不幫我做，回家晚了卻非常不高興，也不聽我說關於畢業之後的事情。她認為我這一輩子都應該跟她一起住，而且把這個念頭強加在我身上。

一想到這個，總覺得心情像被丟進無底沼澤一般，黏答答的泥沼沾在身上。無法動彈。

後藤的家，一定不會這樣吧？他想走的路，他的家人一定會溫暖的幫他加油打氣。即便嘴上會一邊唸這個唸那個的。

我以為這樣的家庭只存在於連續劇中。不過意外的親眼見到了。

沒法比較，所以不想知道，我想。

「我是獨生女，羽澄也是嗎？」

嗯，他小聲地回應。

「……以前，有個哥哥。但是，現在就我一個。」

這樣啊，我只回答這句。

我問不出口那是什麼意思。是現在不住在家裡嗎，或是其他。
走到淚岬附近，不知道誰先開始的，我們停下腳步。
「吶，你知道嗎？」
我對著羽澄的側臉，開口。
「我以前讀過一本書是這麼寫的，自殺是罪。說因為是神明所賜予的生命，所以不可以隨便殺死別人，也不可以殺死自己。所以自殺是會落入地獄的。」
他看著海面說「喔」。
「反應真冷淡啊。」
我開玩笑的說，但他沒有回應。
「吶吶，羽澄你啊，如果轉生想變成什麼？」
他有點傻眼的說妳是要問幾次，回答。
「除了人類以外什麼都可以。」
「人類以外，比如說？」
他稍微想了想，小聲地說。
「……鯨魚屍體。」
屍體，我不由得重複他說的話，而後繼續追問。

「不是鯨魚？是想成為鯨魚屍體嗎？」

他說「我討厭活著的鯨魚」。

「要用那麼大一個身體在廣闊的海裡游個幾十年看起來好累，屍體比較好。」

原來如此，我一邊點頭，一邊忍不住笑意。

「羽澄，很溫柔耶。」

我老實地說出自己的想法，他緊緊皺著眉頭看向我。

「……蛤？哪裡？為什麼會從剛才的回答裡得出這個回應？」

「呵呵呵。」

因為，鯨魚死之後，會沉入深深的海底成為其他生物的食物，成為樂園。我覺得死之後把自己的身體獻給其他人，是一種終極的溫柔。

羽澄非常溫柔。因為他沒有拒絕沒什麼交情的我『一輩子一次，第一次也是最後一次的請求』，一定十分溫柔。雖然不知道他為什麼拚命隱瞞就是了。

「綾瀨想變成什麼呢？」

第一次被反問，我有點遲疑。然後「嗯——」的側著頭想了想回答。

「這個呢……雖然很普通，鳥吧。」

「不是人魚？」

立刻被吐槽，我笑出聲音。

「嗯——人魚當累了。」

「……雖然我不是很清楚，那個，下次要是能變成人魚之外的生物就好了。」

「對啊，反正也會因為人魚病早死嘛。」

我無意識地把手放在手腕上。還沒消褪的瘀青。腳上的舊傷一陣陣刺痛。大概是因為下雨冷到了吧。

「那個啊，你有沒有偶爾想不顧一切爆發的衝動過？」

我一邊張開雙手吹著海風一邊說。

「不管不顧的弄得滿身是泥，不顧周圍的人大喊大叫……像小孩一樣。我想，要是能這麼做，心情應該會輕鬆一點。」

羽澄什麼都沒有說。但是，我莫名知道他與我有同感。

「……那，試試看？」

過了小半晌後，他說。我眨眨眼後，「嗯！」的用力點頭。

我們從連接著沙灘的樓梯跑下去。雖然腳很痛，但勉強沒摔倒的下了樓梯。

就這樣一路奔到海邊。

途中膝蓋非常痛，摔了超大一跤。滿身是砂。

不過我立刻站了起來繼續跑，用雙腳去踩打上來的波浪。
海水四濺，好不容易弄乾的裙子又溼透了。
旁邊也濺起了水花，我一看，羽澄也同樣衝進海裡，踢散用力拍打上來的波浪。
莫名覺得超好笑、好開心，我捧腹大笑起來。
兩個人全身溼透，聲嘶力竭地大喊。
「哇——！」
「啊——！」
我大概是第一次喊這麼大聲。當然聲音有點啞，但沒關係。因為羽澄一定不會在意。
從丹田喊出聲音後，總覺得輕鬆了一點。
可是，不知道為什麼，眼淚不住地流。
他也微笑著溼了臉頰。我想應該不是沾到了濺起的水花。
我們都知道。
不管怎麼喊，怎麼拚命努力，也無法改變被賦予的現實。
會覺得心情豁然開朗，只是錯覺。
雨還沒有停。
夜空中看不見月亮、看不見星星，全部被陰暗的雲朵覆蓋殆盡。

五章

人魚之腳

◆沉入深深的海底

「……啊——風好舒服喔。」

手撐著臉靠在扶手上，綾瀨懶洋洋的說。

從海面吹過來的風好像很舒服，她瞇起眼睛，呆呆地眺望水平線的方向。

海風又潮溼又有腥臭味又黏黏的，所以我並不喜歡，但我覺得她秀髮翻飛的樣子還不壞，然後被自己的這個想法嚇了一跳。立刻覺得手足無措起來，從她的側臉挪開視線。

「……已經到盂蘭盆節，風有點秋天的氣息了啊。」

為了擺脫尷尬感，我小聲地隨便說了點話。
綾瀨看起來不太在意，朝著前面小聲地說「對啊」，而後陷入沉默。
她沉默的時間比以前更長了。常常不說話也沒有表情，就只是呆呆看著天空。
明明以前那麼吵，最近卻連說話方式都放緩了許多。
或許這是她原本的行為模式。卸下包覆在外的偽裝後，她可能是非常安靜的人。
從後藤家回去的路上、在海邊大叫那一天以來，總覺得她身上的鱗片逐漸剝落，可以看到她真實的一面。
但我並沒有刻意去窺探。我跟她之間，完全不需要了解對方的背景。僅僅是一個獨立的個體。
這是件看似簡單，卻非常困難的事。對我來說，只有綾瀨允許我這麼做。
那天以後，學校開始放盂蘭盆節假期，所以也沒有社團活動，不過我們還是會每天在淚岬碰面，沒有目的，到處漫步。
從早到傍晚，除了有時會坐在樹蔭下，或在自動販賣機買飲料稍事休息之外，都在散步。
雖然覺得自己在做連自己都搞不清楚的事，但她沒說什麼，我也什麼都沒有說。只要她不喊停，我就想繼續這種沒有原因也沒有目的的遊走。
「……差不多該走了。」

周圍的人變多了，所以我跟綾瀨小聲地說。

這裡是海濱公園，她撐著臉靠著的圍欄，是圍著臨海觀景台的。過了中午，在對面草地烤完肉的人，就聚集到這個可以看得見海的地方。

放空的綾瀨離開圍欄邊，看了看周圍，點頭說「對耶」。

「那麼，接下來去哪裡？」

笑著回頭的她，制服裙迎風飄揚。

我也一樣穿著制服。因為騙母親『得去照顧餵養的動物，所以盂蘭盆節假期也要每天去學校』。

會在夏季的海邊出現的，儘是海水浴或釣魚，一身休閒度假風格的人，身穿制服的我們在人群中相當顯眼。

「總之先走。」

綾瀨緩緩邁出步伐。隨著她動作而搖晃的髮絲，在陽光照耀下閃閃發亮。

在我呆呆看著的時候，突然她「啊哇！」的喊出聲，摔到地上。非常驚人的摔法。

「綾瀨，妳沒事吧？」

我嚇了一跳跑過去，她微微低著頭，壓著膝蓋附近，呻吟著說「好痛……」。

她有時候會在班上同學面前看似刻意的摔倒。儘管不知道她的目的，但大家的評價都是

『愛演』，想要大家注意、想讓大家擔心，所以故意跌倒的。可現在的跌法看起來並不是這樣。再加上綾瀨並不需要對我做這種事。不用刻意摔倒，我就會一直看著她。

「受傷了嗎？」

我在她身邊蹲下一問，綾瀨就這樣坐在地上仰起頭，一邊揉膝蓋一邊咯咯笑起來。

「真困擾啊，還沒習慣人類的腳，走路也是跑步也是都做不好。哎呀，明明都當了這麼久的人類了說……。」

話說到最後慢慢變弱，像是突然沒電似地閉了口。

我沉默地拉住綾瀨的手，慢慢讓她站起來。這時候她微微皺眉。裙襬下的膝蓋上看起來並沒有明顯的外傷，是扭到了嗎？

「要不要去醫院？」

我問，她搖搖頭。

「……不了，沒關係。」

她一邊說，一邊用雙手啪答啪答地揮揮裙子。這時裙襬飄了一下，可以若隱若現看見她如竹竿般纖細的腿。

這麼細的腿，我瞠目結舌。儘管一直都知道她很瘦，可這也太過分了。有好好吃飯嗎？

雖然想問，但我把話吞了回去。這或許是她不想被其他人踏入的領域。至少如果是我的話，應該是希望放著別問的吧。

事實上，我頻繁地拿出手機跟母親聯絡這件事，綾瀨並沒有說什麼。

她望向海面，沉默了小半晌後，用幾乎要消失的聲音說「以前」。

「……我小時候受過傷，有時候會痛，因為沒有力氣，所以偶爾會不小心絆倒。」

我非常驚訝，沉默著眨眨眼。她很少主動提自己的事。

「……這個，沒有好好治療嗎？有去醫院嗎？」

綾瀨隨即笑著說「太晚囉——」。然後「啊」一聲指著腳下。

「是螃蟹耶，有小小的螃蟹。」

我的視線也跟著她的手往下。一隻身體不滿五公分長的小小螃蟹，拚命動著腳橫著走。個頭小，速度卻比想像中快。

「螃蟹同學要去哪裡——？天氣很熱要小心喔——加油——。」

她隨意地說，對著輕巧遠去的小小身影揮手。

螃蟹在水泥牆壁的縫隙間消失後，她小聲地說「拜拜」，然後慢慢地站了起來。

走了一會，我們到了河川入海的入海口。

「啊，羽澄你看你看，有好小的烏龜喔。好可愛——。」

比剛剛在看到的螃蟹還小，好像可以用手完全包覆著的綠色小烏龜，在河川堤防上緩緩前進。

「在這種地方走很危險——會掉下去唷。」

綾瀨擔心似的出聲。烏龜當然一副沒聽到的樣子默默繼續走，但方向慢慢往河川方向偏移。

「啊，危險！不能走到那裡去！」

她慌忙伸手擋路，烏龜的行走方向雖然回到原路上，但好像被手嚇到一下子啪答啪答揮動手腳，就這樣往堤防的另一側掉了下去。

我跟綾瀨同時「啊」的叫出聲，把手放到堤防上往裡看。烏龜順著人工斜面往下滾落，掉到河床上後繼續滾動，就這樣掉到了河川裡。我們連落水的聲音都沒聽見。

這裡距離太遠，而且沒辦法在這條就算是說客氣話也不能算清澈的河川裡，從水中找出一隻比小石頭還小的烏龜。

「啊啊……掉下去了……牠沒事吧……。」

綾瀨用快要哭出來的聲音說。我壓抑住瞬間激烈的心跳深呼吸後，告訴她「應該沒事」。

「牠有龜殼所以能防撞，而且烏龜會游泳。或許是為了找水源才走到這裡的？這時牠一定很高興喔。」

「這樣啊……如果是這樣就好。」

她傾身看了看混濁的河面一會，但還是放棄似的站起身。

想要幫忙的行為，有時候反而會意外把對方逼入絕境。人生也是。即使如此，心裡還是被空虛感籠罩。

我們的腳步，比剛剛更緩慢。

在經過隔壁城鎮車站不多久的位置，綾瀨的視線停在路邊立著的看板上。是預告下週六的中午十二點到晚上九點，車站前的道路禁止車輛通行的交管看板。

「對了，是夏日祭典啊。」

「啊啊，對啊，下週吧。」

會在每年的這個時期舉行，是這一帶最大規模的夏日祭典。會有很多的攤販，最後還會放煙火，許多從附近城鎮來的人聚集到這個鄉下地方，為了安全就變成封街步行區。

我小時候也跟媽媽、哥哥三個人一起來過，但那件事情之後媽媽就變得討厭去熱鬧的地方，我也沒有可以一起去的朋友，小學之後就再也沒去過了。總是只在家裡遠遠的聽煙火的聲音。明明以前待到最後看過的，但現在已經忘記是什麼樣的煙火了。

「……要一起去嗎？」

綾瀨突然說。一臉揶揄。

雖然瞬間語塞，但我也露出同樣的表情，回問「去嗎？」。因為她睜大了眼睛，莫名有點開心，就繼續說下去。

「去吧，最後的夏日記憶是看煙火，好像也不錯。」

我的話讓她一下子露出大大的笑容。

「好棒喔，花火！一起去看吧，約好了喔。」

就再我想開口回答時，突然從身後傳來「啊咧——!?」的聲音。

我跟綾瀬同時回頭。聲音的來處是幾個同班同學。是以松井為中心，總是一起行動、厚著臉皮吵吵嚷嚷的男女小團體。

「這不是羽澄和綾瀬嗎？」

「嗚哇，真的欸！」

有種只有兩人的安穩而寧靜的時光，突然被潑了盆冷水的感覺。不由得皺起眉頭。

「欸嘿嘿——被看到了耶——羽澄。」

綾瀬嘿嘿笑著說。我心想，啊，又滿是鱗片了。

「咦——什麼什麼，你們兩個在做什麼？」

「莫非是在約會？」

「嗚哇——真的假的？有點怕怕欸！」

麻煩了，我悄悄嘆氣。

他們應該是覺得男女親暱相處是自己這種高調人的特權，其他類型的人只要男女兩人說說話、開始交往，他們就會抓住機會揶揄嘲笑。

儘管覺得這種自以為是天選之人的想法很煩，卻也不想成為他們的目標，所以在教室裡極力避免和綾瀨說話。我被人怎麼說都無所謂，但她沒辦法無視周遭人們的反應，所以很小心，沒想到在外面碰見。

「真的在交往嗎？超搞笑！」

「欸——好噁！邊緣人的抱團取暖超噁心的。」

「哈哈哈，哎呀噁心是真的很失禮啦，哈哈哈！」

「為什麼穿制服？是因為便服太土了嗎？」

「嘎哈哈，好好笑！」

對他們來說，我跟綾瀨是相當適合的發洩對象。大概是覺得不管怎麼對待我們這種獨來獨往的人都能被原諒。

我看了看旁邊，她換上平常在教室裡表現給人看的沒力表情。好不容易脫落的鱗片，又逐漸增厚起來。

「你們喜歡彼此哪一點啊——？」

「嗚嗯，拜託不要我不想聽——！」

「但是啊，他們這種人也沒其他對象，沒得選吧？」

以為他們很快就會膩，結果沒完沒了。是因為暑假很有空嗎？出現在這裡的我們，正好是打發時間的材料。

火冒三丈。雖然自認這不像我，但有種無法保持沉默的感覺。

就在我想開口說夠了的時候。

「不是喔。」

綾瀨突然開口。雖然不大，但非常有穿透力、平靜澄澈的聲音。

我驚訝地看著她。鱗片完全剝落了。澄澈的眼睛，強而有力的看著他們。

「我不是因為找不到其他人所以才無可奈何的和羽澄在一起的喔。羽澄對我來說是很特別的，所以才在一起。不是羽澄就不行唷。」

他們像被嚇了一跳似的啞口無言。

過了一會，一邊擠出勉強的笑一邊說。

「……反正是謊話，哈哈哈。」

「說謊愛演女。」

「總覺得好煩——走了走了。」

他們嘴上不服輸似的丟下一堆難聽話後，紛紛離開了。
再度回到寧靜的時光。
「……欸嘿嘿。」
綾瀨往上瞟了幾眼，有點害羞的看著我。
「……我……」
胸口翻騰不已，無法冷靜。她說的話，深深烙印在我腦中，無數次重播。
我是特別的？不是我就不行？真的嗎？不，為什麼？就算是真的，我也完全不知道原因是什麼。
混亂的想法在我腦裡迴旋。
「……我，不記得我做過什麼，讓妳說出這些話就是了。」
回過神來時，我發現自己的回答這麼諷刺。
綾瀨呵呵地笑了。
「雖然羽澄可能會覺得很奇怪，但這是真的。只有我知道就好。」
「……啊，這樣。」
我不由得別開眼輕輕點頭。
『我也這麼想』。

想說這句話，覺得應該說這句話。但是，我沒辦法順利發出聲音，視線落到腳邊。

風息吹拂。海浪打出聲音。蟬鳴陣陣。不知道是哪家的風鈴，被微風吹響。

明明聲音無處不在，卻非常安靜。覺得很舒服，被風吹得瞇起眼睛。

這時候，像是劃破寂靜一般，不合時宜的電子音樂輕快地響起。聽起來像是從綾瀨的書包裡傳出來的。

她瞬間睜大眼睛後嘆了口氣，拿出手機。

「……媽，怎麼了？」

和平常的她完全不同，是非常平淡的聲音與表情。

『喂喂，水月？』

因為四周很安靜，所以我也聽得見電話另一頭的聲音。

『妳在哪裡？我人在救護車上，送到平常去的醫院，妳立刻過來。』

洩漏出來的單字讓我睜大眼睛。之前也有過這種事。

「……嗯，我知道了，現在馬上過去。」

綾瀨深深嘆口氣掛掉電話，我開口詢問。

「令堂之前也被救護車載去醫院對吧，是哪裡不舒服呢？」

「……沒有。」

她露出淡淡的苦笑，緩緩搖頭。

「並不是這樣……。」

她像是在尋找適合的詞語般歪著頭。

「……有時候，我說了或做了什麼不合我媽心意的事，她就會在我去學校的時候，說頭痛、頭昏地叫救護車。大概是控訴我的感覺……試試看我會不會立刻趕過去。雖然說過這樣會給救護人員帶來困擾，不要再這麼做了，但她不聽啊……。」

這超出預期的話，讓我不知該如何回答。竟然有這種家長，我啞口無言。

「……這樣，啊。從妳小時候就開始了嗎？」

「不，從國三的時候開始。大概是升學考試之前左右……去年也發生過五次吧。有打電話到學校來。」

很困擾啊，綾瀨雖然這麼說，但她的眼睛看起來露出放棄的神色。

那抹神色迅速消失，她燦爛一笑。

「可是，要是不去，她的心情一定更糟，所以最後還是只能去就是了。」

那就，拜拜囉，她揮揮手，跑了出去。

即便我覺得追上她一起去比較好，但她的背影彷彿在說不希望我跟去，不希望我看著，我便默默地目送她離開。

綾瀨離開以後，感覺就很難打發時間，因此我在稍早的傍晚時分回到了家裡。

一邊說著「我回來了」，一邊推開玄關門之後，跪坐在玄關木地板上、低著頭的母親身影倏地闖入眼簾，嚇得我全身僵硬。

「……怎麼了？」

母親低著頭，一動也不動。放在膝蓋上的拳頭緊得泛白。

我再問一次怎麼了之後，母親緩緩抬起頭。在毫無表情的臉上，硬是擠出勉強的笑容。

「小想……我不生氣，你跟馬麻老實說。」

我心裡一跳。心裡想到了幾件事。最近我老是對母親撒謊。

「說，是指？」

說不定是我誤會了，所以裝蒜。母親的臉頰微微抽動。

「……我打電話去學校了。」

這突如其來的話，我「咦」的喊出聲，心跳如擂鼓。

「因為最近小想都沒待在家裡不是嗎。回訊息的時間也晚，馬麻很擔心……。你剛剛也沒怎麼回我不是嗎，有種不好的預感，所以打電話去學校喔。想要請學校幫忙找小想，結果……。」

不聽到最後也知道。我撒的謊曝光了。

是我在最後掉以輕心了。沒想到母親會打電話到學校去確認我在哪裡。

「老師說……上週開始放盂蘭盆節假期，所以所有社團活動都休息……。」

母親深嘆一口氣，用悲痛的表情看著我。

「明明沒有社團活動，小想還是每天出門呢。」

「……抱歉。」

「吶，你到底在做什麼，要跟馬麻說謊……？」

我的額頭滲出冷汗，心跳如擂鼓。

「馬麻真的真的很重視小想，很愛小想。要是小想沒有了我也活不下去。所以一定要知道小想的一切，不然會很不安……拜託你，讓我知道……。」

我有種悲切哀傷的聲音緊貼我全身的錯覺。

在我宛如充滿迷霧的腦中，再度像平常一樣反覆著「對不起」。

「吶，你每天去了哪裡？做了什麼？告訴馬麻。」

她緊緊抓住我的手腕。抬起蒼白的臉看我。

怎麼辦，要怎麼推託才好？有不為學校所知的社團活動？還是自己要去照顧動物？但這些都是立刻會被識破的謊言。

我從乾渴的喉嚨中，硬是擠出話來。

「……我去，見朋友。」

無可奈何的老實說。

「……朋友？誰？」

「社團的……那個，之前有說過的……最近稍微熟一點，又覺得每天都會碰面聊一下，沒有拒絕的理由……。」

雖然連我自己都說不清楚，但也找不到其他藉口。然後，說得好像是我被迫陪著出門，真是沒用。綾瀨對不起，我在心裡低語。

看著我的表情，一直凝視著我的母親，忽然壓低聲音說。

「……不是壞朋友吧？」

腦中正好浮現她溫和的笑容，和『壞朋友』這個詞一點都不配，我不由得「哈哈」的輕笑出聲。

母親驚訝的皺起眉頭。我立刻收起笑容說。

「完全不是喔，普通的……雖然有點奇怪，但不是會傷害別人、做壞事的人，沒事的。」

「這樣啊……」

為了讓她安心，我刻意用平靜的語氣說，不過母親仍然浮現出某種不滿意的神色，接著緩緩開口。

「……讓我跟那孩子見個面。」

出乎意料之外的話，讓我「咦」的倒吸一口氣。

「為……為什麼？」

「因為馬麻很擔心啊。一直都說不需要朋友的小想突然交了朋友……馬麻要親眼確認，是什麼樣的孩子、是不是真的可以跟小想來往。」

我意識到自己的臉在抽搐。手不由得放在頭上搔搔頭。

「等一下……不用見面也沒關係吧。不是什麼需要擔心的人。」

「但是，我很擔心啊。小想要是有個萬一……」

「就說了沒事。」

我的語氣變得有點暴躁，可又想起不能讓母親的情緒起伏太大便慌忙改口。

「真的沒事，已經是高中生了，要是父母還干涉人際關係，大家都會覺得很奇怪的。」

要是被別人覺得很奇怪的話該怎麼辦呢。這我雖然沒有說出口，但我想應該能充分傳達給她。

母親一如我預期的語塞。一臉在想什麼的樣子。

要是她再多說什麼的話會很麻煩，所以我說「好了吧？」，從母親身邊走過，上二樓回到自己的房間。

躺在床上，看著天花板。

有時候，會覺得這個家讓人窒息。

我自覺在經濟方面並沒有受限，可的確是非常封閉的環境。

爸爸現在一個人在國外工作，因為忙碌已經好幾年沒有回來，也幾乎沒有聯絡，但似乎薪水頗豐，我是在不用擔心錢的環境中長大的。母親在遠方的娘家好像也相當富有。只是，好像是覺得嫁出去的女兒還要依靠娘家不好看，我幾乎沒有去過，祖母死後只剩嚴格的祖父在，所以更有距離，已經好幾年沒見了。爸爸那邊的親戚本來就處不好，從我有記憶以來就連見都沒見過。從爸爸獨善其身的個性來看，會演變成這樣也是沒辦法的事。

然後因為哥哥自殺，我們和鄰居變得完全沒有來往。母親也好、我也好，都被當成敬而遠之的對象，連擦身而過時都會別開眼睛。

母親的世界裡，就只有我。然後我的世界裡，也是除了學校就只有母親。連在學校也只有最低限度的人際往來。

都搞到這個程度了，為什麼還不能滿足那個人？到底還想要我怎麼做呢？我勉強壓抑住亂七八糟的心情，硬是閉上眼睛。

想睡，但眼前不時浮現那天看到的淚岩景色，毫無睡意。

在海岬懸崖下，宛如邀請入海般打上的波浪。

海面雖然看起來波濤洶湧，但水中波浪卻沒有這麼激烈。

海裡應該幾乎都是平穩的吧。不管發生什麼事都是安定的。這個應該沒有干擾，能一個人自由的漂流的地方，一次也好，我想去看看。

「唉……」

我不知不覺中深深的嘆了口氣。但我覺得，能嘆氣都還好。要真的到了不知如何是好的時候，應該連嘆氣都嘆不出來了吧。

我想，人恐怕是用嘆氣來勉強控制無法宣洩的情緒。

哥哥在選擇自殺之前，大概連嘆口氣都沒辦法。沒有表現出來，全部藏在心裡一味忍耐再忍耐，忍不下去的時候就斷了線，就這樣不跟任何人吐露，靜靜了結自己的生命。我是這麼認為的。

閉上眼睛，我突然好想跟綾瀨說話。

希望她能聽我說。我是第一次有這個念頭。我明明一直想著不要被任何人注意到，把自己隱藏起來的。

只有她，是飛進我這個封閉世界的異物。剛開始雖然有排斥反應，但這個異物沒有被排除，在不知不覺間被我的世界所接納，成為習慣、理所當然般地該在那裡的存在。

大概是因為綾瀨跟我很像。她一定能了解我的煩躁與空虛。

明天見面時，把我至今從沒有跟別人說的事情、感情，跟綾瀨說吧。然後如果她希望的話，我也聽她說。

——但我下定決心的第二天，不知道為什麼，綾瀨沒有出現在我們平常相約的地點。

◇總有一天成為海中的泡沫

從小就作過很多次的夢。

我是擁有漂亮鱗片的人魚，在海中自在悠遊。

海非常非常遼闊，而且我可以自由地到任何地方。隨心所欲，可以去任何我想去的地方，沒有東西束縛我。

游到盡興，就從水面探出頭漂浮著。

不多久，指尖噗嚕嚕冒出透明的小氣泡。仔細一看，自己的身體也變成了泡沫，逐漸消失。

我全身接連出現發出彩虹色光亮的泡沫，身體變得輕盈。也感受不到水壓，我像是融進海中般完全消失無蹤。

雖然消失了，但我並不覺得悲傷、寂寞、悔恨，而是非常幸福而充實。

「好閒啊……。」

我躺在被褥上，一邊看著窗外的黃昏天空，一邊放空低語。

想寫作業打發時間，但本來進度就超前很多，所以前天晚上就寫完了。電視看膩了，手機又不能用，真的無事可做。只能呼吸。

明明應該已經很習慣一直待在家裡了，但現在卻奇妙的覺得時間很長，覺得不做點什麼就無法冷靜。

我從小就討厭有大把空閒時間的長假。

無視因暑假來臨而開心騷動的大家，我總是拚命忍住嘆氣的衝動。

現在也沒有改變。就算有社團活動，我也會比平時早回家。

要是回家晚了媽會生氣，因此我傍晚五點就得回去。然後到就寢時間前，跟閒暇搏鬥幾個小時。要是媽在看電視，我也不能看喜歡的節目。

升上高中之後她買了手機給我，所以可以隨便打發時間，可現在不能用。窗外海鳥飛過。我想起和羽澄去動物園那天的事。

他一直看著籠中的鳥。我本以為轉生的話他會想變成鳥，但他的答案卻不同。被他反問時，我明明沒想過，卻回答我想變成一隻鳥。

說謊。即便是現在我也並沒有這麼想。不覺得自己能成為一隻鳥。

一個禮拜前，我跟羽澄出門時媽打電話來，要我到醫院去接她。我小跑步回家去牽自行車，用超快的速度跑去醫院，可還是比從家裡或從學校直接去醫院晚了三十幾分鐘。這讓媽很不高興。

到了醫院，一臉困擾、傻眼的醫生跟我說：

『因為本人要求所以還是做了檢查，不過沒有發現任何異常，今天可以回家了。只是酒喝得有點多，之後要多留意』。

老是這樣，我鞠躬道謝說『不好意思給您添麻煩了』，牽著媽的手離開診療室。

為什麼這麼晚？是不是要從我身邊逃走？像妳這種傻孩子能自己獨立生活嗎？她一直不停地說這些，責備我，不管我怎麼道歉都無法平息媽的怒氣。

接下來的一個禮拜，為了安撫媽，我一直過著沒有離開家門一步的生活。在媽去工作的期間也是，因為不知道媽什麼時候會打電話回來，她偶爾也會早退晃回家，總而言之就一直待在家裡。

手機硬是丟在了客廳裡。因為想要表達我沒有打算出門，沒有打算跟任何人聯絡，沒有打算離開媽。

但這麼做並不能算是成功。媽還是一直感覺不太開心的樣子。

我不知道該怎麼做才能讓媽滿意，才能讓她心情變好。

我在榻榻米上一邊看著自己懶懶舉起的手臂一邊想。媽其實一點都不在乎我吧？不需要我吧？

儘管看起來像是媽把我帶在身邊，但其實不是我也可以。只要在自己手裡的是能喜歡自己的人就好，誰都可以，只不過是擅自決定自己的人生，不允許從自己手中逃開而已。就像小朋友，即使不是這麼喜歡的玩具，要是被其他人奪走了也會哭鬧一樣。

小時候，我覺得因為媽是『媽』，所以理所當然的是大人。不過隨著年紀漸長，知道其他孩子的家長或其他大人是什麼樣子之後，便覺得我媽大概還是個孩子。她外表是個成年人沒錯、不但有工作、還生我養我，理論上應該是個大人，可有某個部分依舊是個小孩。

不，或許不是。其他的大人在家人或親近的人面前，或許也會變成孩子。

但，大家都是一副大人的樣子。就算是媽，在工作的時候也一定是個大人。不過在我面前不是。因為是家人。因為是自己的女兒。因為她覺得不需要顧慮我。

班導之前說過的話，突然浮現在我腦海中。

『會一直延續下去的人生——』。

『因為是妳自己的人生，好好考慮吧』。

類似這樣的話。

呵，我的嘴角扯起一抹笑意。『自己的人生』是什麼？我想。這種東西真的存在嗎？自己的人生，真的能如自己的心意而行嗎？大家都做得到嗎？

自己的人生。至少我沒有這種東西。

光是想到這個人生接下來要一直持續下去就憂鬱起來。感覺像深深陷入無底沼澤一樣。是不是還說了什麼羨慕你們有未來。『未來』。『未來』什麼的，不需要。想到就煩。只要允許我能放空度過『現在』，能持續到死，就好。雖然有種不知道是誰允許的感覺。

我也不知道沼田老師說的『笑著活下去的生存方式』是什麼，不可能讓任何人微笑，完全無法想像要怎麼做才能夠幸福。真的有正確答案嗎？

說不定，我忽然想起。羽澄可能也是。

一直沉默寡言的他，一直話多吵鬧的我，誰看了都會說是完全相反吧？但是，不知道為什麼，我總覺得他跟我哪裡很像。覺得他跟我，是一樣的。

「……總覺得，好累……。」

我無意識地低語。

膝蓋抽痛起來。雖然是舊傷，但還是會時不時劇痛。

啊啊，又來了，真的好累。這種事情要持續到什麼時候。

我呆呆地想，然後覺得奇怪。

我從小到大沒有像現在這樣想過。想的總是在永遠繼續下去的日常生活中，要怎樣不惹媽生氣，盡可能平穩的生活下去。從沒想過要到什麼時候。

我有點怕生出那個念頭的自己。明明沒想著要改變，明明不想改變的，我盼望著有所變化嗎？

變化，很恐怖。被野放到未知的世界中，很恐怖。若那麼恐怖，繼續現在的生活比較好。我應該是一直這麼想的。

忽然，我眼前浮現出羽澄的臉。毫無來由的，自己都嚇了一跳。

不可思議的，從不見面的那天起，我每天都會想起他好幾次。

羽澄怎麼樣了呢，我想。我突然沒去平常碰面的地方，而且電話也打不通。他會嚇一跳吧，說不定也會擔心我。

再忍耐幾天，就能跟他再見面了。之前每天都能碰面，所以只是一週沒遇到，就覺得很久沒見。

不知道從哪裡傳來狗叫聲。是往前數第三家養的狗吧。

之前在推特上看到被暫時收留的流浪狗母子的故事。在尋找收養人的推文下，有許多回文。

『被暫時收留真是太好了！』

『要是能早點找到家就好了……』

『希望能遇到溫柔的飼主！』

很多這樣的留言。沒多久，好像就找到幾位能收養小狗的人。也說狗媽媽留在了發現他們的人那裡。家人四散，小狗們再也見不到媽媽和兄弟姊妹。

即使如此，大家的反應卻全是一片歡喜。

『找到飼主真是太好了！』

『不會再餓肚子或冷得發抖了吧？』

『要在溫暖的家庭裡幸福生活喔！』

我也是這麼想的。洗得乾乾淨淨，被人類抱在懷裡的流浪狗，莫名的看起來很幸福。

但也覺得不可思議。牠們真的幸福嗎？繼續當流浪狗，但能一家人在一起，不也是一種幸福？擅自收留牠們、擅自找尋飼主，不是人類的自以為是嗎？

然後，明明被收留的犬貓被當成溫暖人心的美談傳頌，那為什麼動物園裡的動物卻被說可憐呢。狗也好、貓也好、獅子也好、鳥也好，明明大家一樣是動物。

不管怎麼想都想不出個所以然，就不去想了。

即使如此，從剛剛開始狗叫聲就沒停過。明明平常不會聽到狗狗叫成這樣的。是發生什麼事了呢。我莫名在意，從被褥上慢慢起身，從陽台上看出去。

黃昏景色中，斜對面的公寓前有個徘徊的人影。三家開外的狗狗把腳搭在圍牆前，對著那個人影狂吠。

可疑人物？覺得奇怪而凝神一看，我倒抽一口冷氣。

「……羽澄？」

雖然只看得見背影，但這個體格沒錯。

我不由得想伸手開窗，又突然停止了手下的動作。

不行，我已經決定不跟羽澄聯絡了。

可是，明明只是一個禮拜沒見，卻非常懷念。好想見他，想看他的臉，想聽他的聲音。心裡也有一個這麼想的自己。

所以，我明明應該立刻進屋、拉上窗簾，離開窗邊才是，卻看了他的背影好一會。

羽澄看起來像在一一確認設在公寓入口的集合式信箱，然後忽然朝我這邊轉過頭。

我看見他側臉的同時慌忙轉身。下一個瞬間。

「綾瀨！」

他喊了我的名字。承受他聲音的背脊，有種觸電的感覺。是羽澄的聲音啊，我想。

「綾瀨。」

他再一次，但這次是慢慢的喊我的名字。我放棄的緩緩看向道路的方向。是羽澄。因為懷念，我直直的回望他抬頭看著我的那張臉。

一下想著是這張臉嗎，一下想著啊啊是這張臉，無法冷靜下來的動搖著。

「好久不見。」

我原本想著單方面失聯應該會被責備，但他一副沒什麼事的樣子稍微舉起手。我也對他揮揮手，笑著說「好久不見」。

「還好嗎？」

他為了不阻礙通行所以靠著路邊，但還是抬頭看著我說。

「嗯，很好喔——羽澄呢？」

「如妳所見。」

「這樣啊，太好了。」

話就到此，陷入一片沉默。我心中小聲地說，有天使經過了。

「……想說為何狗在叫就看了一下，結果是羽澄所以嚇了一跳。真巧。這裡是我家。」

找路嗎?我說。因為一般會覺得他可能只是有朋友住在這附近，也不能保證他是在找我。

而後羽澄傻眼似的說「怎麼可能」。

「我當然是來找妳的。」

我幾乎要停止呼吸。吞了口口水後，回答「嗯」。連自己都覺得很怪的回應，但我只能說這個。

「……下來吧。」

羽澄對我微微招手。我不由得轉頭往後，確認客廳裡的時鐘。馬上就是媽要回家的時候了。

怎麼辦，我只猶豫了一瞬間，接下來就點頭對他說「嗯」。

走出玄關，在公共走廊上小跑步的時候，注意到我自己穿著睡覺用的鬆垮T恤和短褲，一身邋遢模樣。但我就這樣跑下樓。

羽澄在樓梯下等待。

「你怎麼知道我家在哪?」

我一問，他便皺起眉頭。

「就是因為不知道所以才找得很辛苦。」

「妳沒到約好見面的地方，突然聯絡不上，打電話也完全不通。我一開始以為妳生病了，不過到了第三天左右覺得怪怪的。想說來看看妳的狀況，但當然不知道妳家在哪……。」

他少有的用抱怨語氣碎碎念個不停。雖然我給人帶來困擾說這種話很那個，可是能看見他少有的模樣，莫名就覺得開心。

「對不起啦，剛好發生很多事。」

我嘿嘿笑著說，他一臉沒力地垂下肩膀。

「……算了，總之妳沒事就好。鬆了口氣。」

或許羽澄有點感覺到我家的事，所以說出沒事啊、鬆了口氣啊這樣的話。

若是以前，我非常討厭這種情況。小學時就發現我家跟一般家庭不同，媽跟一般的媽媽完全不同，就拚命不讓周圍的人發現。要是似乎被人家察覺了什麼，我就會拚命掩飾，說一些沒有根據的謊言。

但是，現在我不介意了。我覺得若是羽澄，他知道了也沒關係。

「你是怎麼找到這裡來的？」

我並沒有告訴他我家在哪、住在哪個區。而後他不太情願似的回答。

「後藤幫的忙。我去那傢伙家，問他知不知道妳家在哪。」

「欸？」

真意外。羽澄會主動去接觸後藤。就我所知，他從未主動去拜託過誰。

「那傢伙明明是個怪咖，但朋友反而還不少。他聯絡了其他班級的朋友、國中時期的同班同學，去找認識妳的人。因此知道妳好像住在這一帶。從三天前就一棟一棟、挨家挨戶去找『綾瀨』的名牌。戶數意外多，一天根本看不完。」

我心神不寧、冷靜不下來。

為了我居然做到這種程度。一想到這，完全不知道應該露出什麼樣的表情、要怎麼回答才好，不由得低下頭。

眼前的是我穿著買了好幾年沒能替換破舊涼鞋的腳，還有羽澄穿著像是每天刷洗似的乾淨閃亮球鞋的腳。

骯髒過頭的涼鞋也好，乾淨過頭的球鞋也好，一定有哪裡不太對。

腳下已經沒有影子了。這附近已經開始浮現一片夜色。不知道從哪裡傳來菜刀切菜的聲音，還有咖喱的香味。已經到了這個時間了嗎？

差不多該回去了，我想。媽說不定會回家。今天她晚上有工作，應該是會很晚才回來，但有時候會改變主意提早回家，因此不能掉以輕心。要是被她看到我跟羽澄在一起就糟了。所以得早點回房間去。

雖然腦子裡知道，但腳動不了。我就這樣低著頭僵住。

注意到羽澄什麼都沒說，我忽然抬起眼，和他一直看著我的視線交會。就像要看透我心裡深處一樣直率的眼神。

這時候，響起手機震動的聲音。羽澄抽了一下。大概是電話吧，震動的聲音一直響。即使如此他還是一動不動。過了半晌，那雙薄唇張開了。

「……要不要稍微走一走？」

聽了羽澄的話，我立刻回答「嗯，我去」。什麼都不想的，只有點頭。就像溺水的人，毫不猶豫抓住眼前丟過來的東西。

我不知道媽什麼時候會回家，所以一直待在家裡。這一個禮拜一直都這麼做。因為，如果再讓她心情不好會很難彌補，我想。總之待在家裡、表現出自己沒有要去哪裡的意思的話，狀況就不會比現在更差。

但是，一直關在家裡微妙的感到窒息，我想要呼吸外面的空氣。

這時候羽澄來了。

雖然我的確想見他、想聽他的聲音，但我本以為一下下就夠了。然而實際見到他本人，我覺得只說幾分鐘話是不夠的。

所以立刻就接受了他的邀約。

此外，我腦海一隅還有一個『這麼一來或許能知道媽的感受』的想法。『媽回家的時候，如果我不在家的話，她會怎麼做呢，會怎麼想呢』。對媽而言，我究竟是什麼呢。

想到這，我開了口。

「吶，羽澄，我啊，有想去的地方就是了。」

媽是真的不在乎我嗎。覺得陪伴在她身邊的不是我也無所謂嗎。我不被媽疼愛嗎。

我想找出這個答案。

◆世界充滿希望

「我想去看夜間水族展。那個，暑假前後藤說過的……。」

聽了綾瀨的話，我沒有立刻點頭。

因為，搭電車到水族館單程要花一個小時以上。現在出發，在水族館內參觀，然後再從那邊回來的話，到家會是幾點？

問她要不要走一走的時候，我預估大概就散一個小時左右的步。

覺得她好像沒那麼沮喪過，雖然和平常一樣對話，但感覺只是表面上有精神，所以想帶她去散個心。完全沒有晚歸的打算。

可是，腦中忽然浮現出一個和平常的我不一樣的念頭。

我一直一直拚命地不讓母親擔心。經常保持聯絡，選高中、選社團也以不會晚回家為標準選擇。

即使如此，母親永遠不信任我，緊緊把我束縛住。

我得為母親而活到什麼時候？

這種不滿，在我自己都沒發現的時候，在心中累積。

這種生活方式得持續到什麼時候。這不奇怪嗎？

我這些想法，和擔心無精打采的綾瀨交織在一起，我回過神來時已經回答：

「好啊，走吧。」

手機再度震動。一瞬間想著要聯絡母親說『今天去遠一點的地方所以會晚回家』，不過立刻打消了念頭。

若是其他高中生，稍微晚一點回家並不稀奇。或許能以此為契機，讓母親稍微了解她過去到底對我有多少無謂的臆測。

綾瀨說著「那我們走吧！」邁開了腳步。雖然想提醒她是不是要留個紙條比較好，但我沒說。她一定也有不這麼做的理由和自己的想法。

我跟她回家後一定會被罵吧。我是無所謂，但是我主動約的，她被罵我會覺得很抱歉。

從水族館回來後，先一起去見她的家人道歉吧，說是我約她的，都是我的錯。下跪道歉我都願意。

只有我一個人，一定不會想到這些。

若沒有綾瀨，恐怕我會一直甘願過著在鳥籠裡的人生。

但，我也第一次注意到，我的鳥籠有門，可以從內側打開。並不是單方面的被關上，只是我自己關上而已。

從剛剛開始，口袋裡的手機就一直斷斷續續的震了很多次。我小小嘆了口氣，關掉手機電源。這麼一來就不會有什麼事情來打擾了。

在往最近的車站走的路上，綾瀨突然叫出聲。

「啊，我沒帶錢包！」

她兩手貼著臉頰大嘆「糟了」，然後不好意思的笑著說「說起來」。

「就算有帶錢包，也沒多少錢就是了。你看那個公寓應該就知道，我家不是很寬裕，零用錢也很少……。」

我打斷她的話說「沒關係」。

「是我約妳的，所以我來付吧。」

「可以嗎？不好意思呀，謝謝！」

綾瀨雙手合十，低頭道謝。

她或許會說謊，但會非常誠心地說出道歉和感謝的話。我總是沒辦法好好說出口，所以打從心裡敬佩她這一點。

我一邊說不客氣，一邊在心裡嘲笑自己是有什麼大不了的。

雖然說要付，但這不是我的錢，是爸媽給的。真是太難看了。即使飛出了鳥籠，還是個沒辦法靠一己之力生存的小孩。

好想趕快長大成人啊，我想。至少上了大學，可以打工賺錢。

不，但是，母親會准我去打工嗎。應該會說『我會給你很多零用錢，不要去打工待在家裡』吧。

雖然想長大成人，還是個什麼都做不到的孩子。因此，至少今天，我想在沒跟家長說要去哪裡，不在乎門禁時間的情況下，去某個地方看看。就這樣，應該可以吧。

我們買了兩人份的車票，穿過閘門。

我跟她都沒有交通IC卡。我上學不用搭電車或公車，假日也不會跟朋友出門，更重要的是，因為母親說「不需要這種東西」。我想她大概也是。

坐在月台長椅上，等待上行電車。

這個位於郊外的車站，只有普通列車會停。目送兩班急行列車經過，過了十五分鐘左右，我們等的電車終於開進月台。

車裡雖然不到空蕩蕩，但乘客不多。這時間往市中心的人不多吧。我和綾瀨並肩而坐，看著對面的窗外景色。

隨著從低矮的房舍啊田地啊這種鄉下景色，漸漸變成大樓或大型設施這種顯眼的模樣，天空也從黃昏轉為夜色。播放馬上就要到終點的廣播時，太陽已經下山了。

抬起頭也看不到頂的大型高樓與大廈，像是要蓋住天空似的櫛比鱗次。在都市裡，即使是晚上也奇妙的明亮。跟我們住的城鎮完全不一樣。

「哇啊——好厲害，都是大樓，好像森林喔。」

車窗外呼嘯而過的風景，讓綾瀨感嘆起來。

與此同時，傳來咕嚕嚕的聲音。她啪的一下把手放在胃的位置，「啊」的紅了臉。

「欸嘿嘿……肚子叫了。」

她掩飾尷尬似的笑了，我噗哧一笑說「我也肚子餓了」。

雖然想著要是我的肚子也響了就好了，但並不如我預期。

「到得比預期時間要早，去買飯糰或麵包一邊吃一邊去吧。」

「也是。餓著肚子去水族館也沒辦法慢慢參觀。」

剛好電車停了，我們下了車到月台上。

「有沒有賣吃的地方呀。」

左右看看，找有沒有車站內的小賣店或其他店家。

「已經是這個時間，所以可能沒有在營業的店了。哪裡有便利商店呀……。」

「啊，有店還亮著燈！」

綾瀨指向另一邊說。

「是立食蕎麥麵耶，有種都會感。羽澄，你有吃過立食蕎麥麵嗎？」

「不，沒有喔。有點想吃吃看。而且好像能很快就吃完，說不定不錯。如果綾瀨妳可以，我們就去那裡？」

「嗯！」

她一臉開心地用力點頭，然後慌忙補上一句：

「麻煩你了！」

看來是很在意錢的事情。我不知道該怎麼回答，就點頭說「嗯」。要是我再會說話一點就好了，自己都傻眼。

入口處有自動販賣機，我們買了餐券進入店內。

「看起來好好吃……！我開動了。」

「我開動了。」

兩個人都默默地動著筷子。

吃了大約一半，她終於開了口。

「好好吃！真的好好吃。」

我是第一次吃立食店。光是站著吃飯，就莫名有種不是日常生活的感覺，再怎麼小的小事都覺得雀躍不已。或許這就是所謂的解放感。

奇妙的有種一掃陰霾的心情。沒有得到家長允許就出遠門，吃立食蕎麥麵，然後要去晚上的水族館。這些經驗全是第一次，一切都讓我雀躍不已。

我過去並不希望有所變化。即使總覺得哪裡很窒息，但對此並不覺得痛苦或不滿。我想，即使是在看不見前路的黑暗中，人也能用手摸索好好的活下去。我連能做什麼改變的可能性都沒想過，所以一開始就沒有希望改變的念頭。

但是，在見到一週不見的綾瀨說『有很多事』，笑得有氣無力的時候，想像承受的一切的時候，覺得『不能待在這裡』。雖然我也是，但是比起自己，我有更強烈的、非得帶她離開這裡不可的想法。

認識她讓我明白這一點。改變、是可以去改變的。

然後我心底突然湧起一股強烈的想要改變、能夠改變的念頭，我非常驚訝。沒想到自己心裡竟然隱藏著這樣的心情。

一定是過去一直掩蓋著、祕藏在心底，自己也沒察覺到。

她的存在讓我掀開了心中的蓋子，顯露出隱藏的心情。

未來是明亮的，這句已經聽爛的話，第一次有了明確的意義，在我胸中迴響。

是的。要是覺得黑暗，就拉開窗簾沐浴在陽光下就好。要是覺得窒息，就打開門出去外面就好。這麼理所當然的事情，我為什麼想不到呢？

「綾瀨。」

我小聲地喊著讓我發現這一點的人的名字。

雙手合十，說我吃飽了的她，「嗯——？」的一臉疑惑看著我。

「……謝謝。」

我不覺得自己能好好說明清楚，就把我所有的心情放進這一句話傳達給她。

「雖然我不是很清楚是怎麼回事，但不客氣。」

她嘻嘻一笑，有種陽光灑下，整個變得明亮的感覺。

我們從月台拾級而上，往位於二樓的閘口前進。途中透過窗戶看見的景色，已經完全是夜晚的樣子了。

即使是沉浸在夜色中的世界，在我的眼中，像是滿溢著希望的光亮。

通過閘口的時候，站務員一直盯著我們看，神色古怪。好像幾個人湊在一起，指著我們在說什麼話似的。

算啦，大概是我想太多。雖然這麼想，但心裡莫名有點不安。

走出站外，不知道什麼時候開始下起雨來。是說，晨間新聞好像有報導有颱風生成，靠近日本列島。

「雨下很大耶……我沒帶傘，怎麼辦。」

「只能買了。」

發現附近有便利商店，我們小跑步跑過去。

即便一進門就有雨具專櫃，不過可能是因為天氣突然變壞都賣光了，塑膠長傘只剩一把。甚至連折傘都沒有。

「算了，就這樣。應該不會太遠，一支就夠。」

我沒有傘也無所謂，綾瀨不會淋溼就好。

她「嗯」的點點頭，然後不知道為什麼又害羞似的笑了。

「共撐一把傘耶。」

她是那樣想的？我心裡偷偷動搖著。可我並沒有這種打算。

是那麼輕易就能做到的事情嗎？綾瀨會介意嗎？我拚命忍耐，不讓情緒顯露在臉上。要不要說一些我喜歡淋雨一類的話把傘給她呢。一邊想一邊結完帳，走出店門。

就在我們在屋簷下稍停，準備打開雨傘的時候，才注意到左手拿傘，右手拿零錢。不管是錢包還是雨傘都打不開。

我跟綾瀨說「幫我拿一下」，把零錢交給她。然後打開雨傘，猶豫了一下該怎麼做，最後沉默地把傘遞給她。

她說「總之我先拿著，等下還給你」，把零錢收進口袋，然後說「謝謝」接過雨傘後，理所當然的把傘舉在我跟她之間。

我不由得往後一退，說「我沒關係」。她打從心底覺得不可思議的說「為什麼？」順暢地走到我身側。

我把雨傘從她手裡拿過來，盡可能不讓她淋到雨，又不會明顯到讓她發現，費盡心思微調著撐傘。

「你來撐傘嗎？謝謝。我是第一次跟別人合撐一把傘。」

「……這樣啊？是說，水族館在哪？」

我盡量不去看綾瀨的臉，裝著在找水族館的樣子左看又看。她也看著這一帶。

「啊，那裡的招牌上寫水族館在這裡喔。」

「我看到了……走路五分鐘？還滿近的。」

「太好了——這樣的話就來得及看夜間水族展了。」

綾瀨高興不已的小跳步。這模樣，讓我不由得笑了出來。

就在我們並肩往水族館方向走的時候，看見兩個穿西裝的男人從對面走來。

莫名感受到一股異樣的氣氛，隨意看了幾眼，不知道為什麼他們離我越來越近。

在被不祥的預感籠罩的時候，他們已經站在我眼前了。

「——是羽澄想同學，對吧。」

為什麼會叫住我？為什麼會知道我的名字？

我想不透，腦子因為驚嚇以及困惑一片空白。

「咦……是誰？認識的人嗎？」

綾瀨驚訝的問，我搖搖頭。

年長的男人笑著對她說「不好意思嚇到你們了」。

「我們是徵信社的。那個，說是偵探應該比較好懂。」

「啥……？」

這一瞬間，點與點相連。

我失去力氣，傘落在了地上。腦子裡明明想著得撿起來，身體卻動不了。

打在柏油路上的雨勢增強。飛濺的水花打溼了腳。
我和綾瀨，雖然淋著雨，但身體就像時光停止似的僵住。

◇然後降下絕望之雨————

啊啊，結束了，我想。
我們的小旅行，就這樣哪裡都沒能去、什麼都還沒開始的，結束了。洩氣，真的很洩氣。
我和羽澄，被自稱是偵探的兩個人帶到附近的家庭餐廳。雖然不是強迫，可卻是難以拒絕的氛圍。
他們讓我們在餐桌席裡側相對而坐，然後像堵住我們的逃跑路線似的坐在外側，告訴我們事情的來龍去脈。
羽澄的媽媽在傍晚左右去警察局報警，說『我完全聯絡不上兒子，從沒發生過這種事，他一定是捲入意外或事故了』。但得到『他晚上一定會回來啦，是離家出走嗎，你們有沒有吵架』的回應，沒被當回事。

所以羽澄的媽媽跑去徵信社，說『要多少錢都沒關係，現在立刻找出我兒子』，委託他們找人的樣子。

很快的，他們去詢問當地車站我們是不是搭電車到很遠的地方，追蹤我們到這裡來。還打電話給這個車站的站務員，告知我們的特徵，說在找失蹤的學生，拜託站務員若有發現請聯絡他們。然後在閘口看到我們的站務員打電話給他們，他們就等著我們出便利商店。

沒想到會以這種形式告終。我一邊看著上頭滿是水珠的飲料玻璃杯一邊想。徵信社，只在電視連續劇裡聽過。滿腦子都是「原來真的存在」、「一聽到偵探這個詞就覺得不對勁」這類無關緊要的事。明明是自己的事，卻彷彿是別人的事似的，一點真實感都沒有。

「你們兩個，難道是離家出走？不會是爸媽反對你們交往所以私奔什麼的？」

大概是在拖時間，年輕的那個偵探明明是在提問，卻一點都不在意我們回答什麼似的，自顧自地說個不停。

我沒有說話，想著明明不是離家出走。不是這麼誇張的事，只是想到籠子外面一下下，試著到遠一點的地方而已。

「嗯——不想回答？」

一開始被叫住的時候，我們以為會被罵所以有點害怕，但實際上他們是用很平穩的語氣，微妙的笑著跟我們說話。

羽澄一副心不在焉的模樣看著桌角。

他心裡現在是怎麼想的呢？不會覺得是自己媽媽害事情變成這樣，對我很抱歉吧。明明沒有這回事的，我想。

我媽應該注意到我不在家去報警了吧。不，應該不會吧。現在才九點，她說不定還沒回家。

啊啊，好想去夜間水族館。想著這件事的時候，年輕的偵探拿出手機看了一下螢幕，然後給年長的偵探使了個眼色。

「……差不多該走了。」

我和羽澄依言站了起來。費用由偵探們買單。

出了店門，往車站去的時候

「小想!!」

突然，從前方傳來一個悲痛的叫聲，我霍的一下抬起頭。

「啊啊啊啊，太好了！幸好你沒事……！」

一個從車站方向過來的女人，跑到羽澄身邊，像撞上來似的緊緊抱住他。應該就是他的媽媽。

羽澄渾身僵硬的低頭看著她。

「馬麻好擔心……！還以為可能再也見不到你了……啊啊小想、小想……真的是太好了……。」

她流淚緊抱著羽澄的模樣，看起來就像是打從心底擔心自己小孩，溫柔且溫暖的母親。

可羽澄的表情，卻像無路可逃、陷入絕望深淵的人一般空虛而灰暗。他的手無力的垂下。

其中一名偵探，開口對心急如焚、喘著氣一直哭泣的羽澄媽媽說。

「這位媽媽，請您冷靜一下。您的兒子沒有受傷，一切平安，真是太好了。」

「啊啊、嗯嗯、非常感謝……！從這孩子離家開始，我就一直害怕得感覺不到自己活著……！要是小想出事，我就活不下去了……真的非常感謝……。」

偵探們點頭笑著對雙手摀臉崩潰大哭的羽澄媽媽說太好了、太好了。

……什麼啊，這。

我呆呆地看著眼前的景象。

就像是電影裡的一幕，令人感動的重逢。露出「一切事情都解決了」般笑容的大人。

但是在人群中心的羽澄，看起來卻滿臉疲憊。

明明是被媽媽這麼疼愛著、這麼寶貝著的，為什麼他會露出這種表情呢——如果我什麼都不知道的話，或許也會這麼想。

就在一邊想一邊默默看著的時候，羽澄媽媽突然看向我。

「綾瀨同學。」

被喊到名字，我反射性的答「是」。

就在她要開口說什麼的時候，從車站方向又傳來一個聲音。

「水月！」

我嚇得睜大眼睛轉過頭去。

「欸……媽？為什麼會在這裡？」

聽到我的低語，年輕的偵探啊啊的點點頭。

「因為羽澄太太說不知道孩子是不是跟妳在一起，所以就打電話給妳媽媽確認了。」

「水月!!」

媽媽一臉嚴厲，踩著響亮的高跟鞋聲音走了過來。

「妳在想什麼！自己跑到這種地方來，什麼都沒跟我說……！」

她一邊說，一邊對著我舉起手。

我反射性的別過身體。被媽指尖輕輕掠過的臉頰，瞬間熱辣起來。

「……對不起。」

我低下頭，道歉。媽緊咬著唇，然後突然轉身。

啪，一個尖銳清脆的聲音，穿透我的耳膜。

幾乎與此同時，羽澄媽媽發出「嘎啊啊啊！」的慘叫聲。

不知道發生了什麼，我的思考能力瞬間停止了。

但下一個瞬間，我看到羽澄摀著一邊臉頰低下頭的模樣，理解到是我媽打了他一個耳光。

「媽！妳做什麼!?」

我一邊大喊一邊緊緊抓住媽的手。

「小想，小想，你沒事吧!?」

羽澄媽媽像保護兒子似地緊抱住他。他立刻回答「我沒事」。

媽眉頭緊皺上揚，瞪著羽澄。

「看你做了什麼好事！隨便把我家的寶貝女兒帶到這種地方……！想離家出走你自己走就好了！水月要是有個萬一該怎麼辦才好!!」

而後，這次換羽澄媽媽緊緊抱著他，對我媽投以尖銳的目光。

「小想並不是會離家出走的孩子。他是個孝順父母的溫柔孩子！」

「不要說了，馬麻。」

羽澄表情扭曲地說。

媽一邊斜睨著他們一邊抓著我的肩頭。

「那，妳的意思是水月的錯囉!?」

「媽妳不要說了！是我約他的，羽澄沒有錯！為什麼要打他!!」

我抓著媽的手，拚命地要求「跟羽澄道歉！」。

「不可能，妳是在庇護那孩子吧！水月不會什麼都不跟我說就出門吧!?」

「不是這個問題……總之先道歉！」

快哭出來了。為什麼會變成這樣。我後悔、難過、眼底熱了起來。

「好了好了，兩位都是，到此為止。」

「稍微冷靜一下。」

偵探們把兩位媽媽拉開，阻止了她們。

「離家出走，在青春期的孩子裡還滿常見的。我們也找過幾十個離家出走的孩子。附近還有其他人，之後在家裡好好聊一聊吧。」

年長的那位微笑著開口調停。

媽媽們也稍微恢復冷靜，沉默了一會。

而後羽澄的媽媽深深一鞠躬。

「……造成困擾非常抱歉。總之，兒子的行為是我督導不周……我不是合格的母親。」

偵探們對著肩膀顫抖的她說「沒這種事」。

「不，我真的是個沒用的母親。明明是辛苦生下來的孩子，卻什麼都不了解……。」

媽媽，羽澄囁嚅著。像是安慰，但不知如何是好的微弱聲音。

「我會嚴厲責備他，以免再發生同樣的事……。」

「這位媽媽，不要這麼自責，孩子平安就好不是嗎。」

「……我們也非常抱歉，給您添麻煩了。」

我媽也對偵探鞠躬道歉。第一次見到她這個模樣，我莫名覺得有點尷尬的低下頭。

雨打在後頸上。冷到覺得奇怪，我不由得顫抖。

我抬眼一看，羽澄用他漆黑的眼睛，注視著虛空。

「哎呀，這就是愛啊。叔叔都感動了。」

回去時，年輕的偵探跟我們說。「到處找你們，一通電話就放下工作飛奔而來……兩位都是好媽媽啊。沒有愛是做不到的喔——你們真的是被愛著的。得好好感謝媽媽，好嗎？」

年長的偵探也嗯嗯地點頭。「是啊。對你們來說或許只是稍微冒個險，對爸媽來說卻擔心到連飯都吃不下。以後不要再做讓爸媽擔心的事情了。」

「……是。」

我跟羽澄，只是為了應付一下才這麼回答。

大人們一定一輩子都不會注意到，我們的眼神是空洞的。

SAYONARA USOTSUKI
NINGYO HIME

六章 人魚之夢

◆壞掉的東西是無法復原的

「——馬麻很清楚的。」

回程的計程車中，母親反覆地這麼說。

「小想只是被那孩子教唆了對吧？」

「因為小想很溫柔所以沒辦法拒絕對吧。」

「小想其實不是會讓馬麻擔心的孩子對吧。」

「小想的溫柔被利用了對吧。」

「小想，沒關係，馬麻懂的。」
小想、小想、小想。馬麻、馬麻、馬麻。
我想塞住耳朵。
但我只是一邊茫然地看著窗外的夜景，一邊嗯、嗯地點頭。不知道為什麼非常累，身體跟嘴都無法隨心而動，連反駁的力氣都沒有。
綾瀨對不起，我在心中道歉。
有這種家長真對不起。她想說什麼就隨便說真對不起。讓妳保護我真對不起。
但是，但是，我好累。在和母親對話這方面。
反正我說什麼她都不信。母親只會把事情擅自解讀成自己想要的樣子，不管我怎麼說我是憑自己的想法，不告訴母親出的遠門，她都不會認同的吧。越說她一定會越覺得都是綾瀨的錯。
被偵探找到的時候，我先是驚訝、混亂、困惑，腦袋一片空白。
但是，在聽到他們說明事情的來龍去脈時，我感情的熱度漸漸下降，然後，在收到偵探通知的母親現身時，我胸中滿是冰冷的絕望。
我想稍微做一點和平常不一樣的事，不到鬧過頭的地步。想無視繁瑣的聯絡，想去自己想去的地方，想嚐嚐鳥籠外的自由滋味。

即使如此，只是幾個小時聯絡不到已經是高中生的兒子，就把警察、偵探通通捲進來。鬧得這麼大，怎麼想都覺得奇怪。

連這麼小的願望都不讓我實現嗎？

窗外連屋外的燈都熄了，陷入一片黑暗。

大概是從沒有回應的兒子模樣了解到了什麼吧，母親用幾乎要消失的聲音喊「小想」。我的視線稍微轉回車內。

「……不要再讓馬麻困擾了。」

視線的一隅，母親雙手摀臉，流著淚靜靜哭泣。

「抱歉。」

我再次因一直以來的習慣這麼說。

「抱歉，馬麻。我沒打算讓妳困擾，不要哭了。」

幾乎不含任何意義，只是形式上動動嘴說的話。

「要是連小想都沒有了……像小琉那樣沒有了的話，馬麻就……。」

啊啊，不行了，我想。

一看見母親的眼淚，我就覺得像被透明的繃帶團團裹住似的。身體也好、思考也好、語言也好，自由被奪走。

想把自己的想法傳達出去，拚命試著付諸言語、化為行動，卻總是因為母親的眼淚，我被緊緊束縛住、被塞住嘴巴、被綁住手腳。雖然知道擺脫就好，但我動不了。

那時候的眼淚，仍然打溼我的全身。

哥哥過世後第二天，中午過後，離家的母親和一個大箱子一起回到家。裡頭躺著哥哥的遺體。

在聚集而來的親戚和葬儀社的人們走來走去做事的時候，我終於看見了哥哥。臉上沒有明顯的傷痕。但是，穿著白色和服，睡在白色被褥上的哥哥，遺容和常聽到的『像睡著一樣』的描述相當不同，怎麼看都是沒有血色、冰冷僵硬的樣子。

『啊啊，哥哥真的死了』，我想。

前往殯儀館之前要納棺。幾個大人從兩側拉起著哥哥躺的被單，移到棺木裡。我也拉著床單的一角幫忙。

那時候碰到哥哥的腳底。我奇妙的清楚記得，哥哥睡著的地方，就像冰一樣冷。幼年時的我常坐的哥哥膝蓋，那溫熱的觸感，到底去了哪裡呢？孩提的我打從心裡覺得不可思議。

母親一言不發，一直眼神空洞地坐在哥哥身旁。

在電影或是連續劇中常見的，抓著遺體哭泣崩潰的樣子，全是假的啊，我想。家人毫無徵兆的突然死去時，人是沒有辦法這麼順利接受現實的。只會傻住。

至少母親是這樣的。守夜也好、出殯也好，一滴眼淚都沒流，就只是一直坐著。直到父親或關係親近的親戚出聲催促前，她連移動都辦不到。

其中，有我完全沒見過的遠親叔叔阿姨，對著失魂落魄的母親，說一些讓人聽不下去的話。

『好可憐，還是個高中生居然就選擇自殺，真的好可憐』

『一直很煩惱吧？沒有個能商量的人嗎？』

『沒有奇怪的樣子嗎？跟他說說應該能阻止他吧……』

『為什麼沒試著去了解呢。明明是做母親的，卻什麼都沒發現嗎？』

『都是母親把小孩丟著自己到處玩的錯。』

這些對哥哥的愛恐怕連媽媽的百萬分之一都沒有的大人們，以對哥哥死去的悲傷與不捨為由，單方面的指責媽媽。像是一邊扭曲著臉暴怒一邊像用銳利的刀子切割，或是一邊難過哭泣著一邊用棉布絞住喉頭。用各式各樣的形式折磨媽媽。

不，我想他們根本就不是真心對哥哥的死感到難過或哀悼。若真的難過或感到絕望，應該會像母親那樣流不出淚、說不出話。

可無論如何，如果對一個年紀輕輕就早逝的人感到痛心的話，會擅自判斷這個人的死是誰要負責任、然後責怪他人嗎？憤怒、悲傷是讓人痛苦、憎惡他人的理由嗎？

他們的行為乍看之下或許是正義的。但是，這些對著從沒有這麼憔悴、低著頭的媽媽脖頸，毫不留情的讓她承受殘酷的話語，從我的眼光看來無法認同這是正確的。我只看到殘酷、恐怖、冰冷、心寒的景象。

因為我還太小，所以並不太記得關於哥哥的事情，不過有他是個安靜又成熟，然後非常溫柔、總是關心周圍人事物的人的記憶。他像是代替幾乎不回家的爸爸盡父職似的，和年紀相差很多的弟弟一起玩。也願意幫媽媽做家事或當媽媽說話的對象。

由於哥哥是這樣的人，恐怕是不想讓母親擔心，因此才不把自己的煩惱和掙扎顯露出來，拚命隱藏到底。沒注意到應該不是母親的錯。

母親在哥哥的棺木被推進火化爐裡時，第一次失控地哭叫崩潰。太過激動，沒有任何人能靠近。

在等待火化結束的期間，母親一邊緊緊地抱著我，一邊不住哭泣。讓人擔心身體裡的水分會不會流乾那樣的一直嗚咽哭泣。我的衣服被媽媽的淚水打溼。

明明有人會因為他的死亡傷心至此，為什麼哥哥要自殺呢？

我一邊被母親幾乎要壓碎骨頭般緊緊抱著，一邊呆呆地想著。

幾個親戚同情的看著哭到崩潰的母親，一邊對我這麼說。

『想，你要連哥哥的份努力的、好好的活下去喔。』

『想你的爸爸工作很忙，所以接下來想你得保護、支持媽媽喔，你哥哥一定也是這麼希望的』

年幼的我一一直率的點頭。不知道這些聽起來是鼓勵又溫柔的的話語，之後會變成咒語般的東西束縛著我。

葬禮結束後還有許多手續與法事要進行，母親每天都很忙。這一切都結束的時候，像是累積的疲憊釋放出來似的突然發燒，躺了一陣子，恢復後又像是輕飄飄浮在半空似的，像幽靈一樣過日子。也有時不時陷入嚴重憂鬱，連飯都吃不下的時候。

我勉強像過去一樣說話，雖然說的是不重要的在校瑣事，但得到的總是只靠著意志力而浮現的微笑和含糊的回答。我一閉上嘴就突然哭了出來。

我不知道該怎麼做才好。雖然他們說我要支持母親，但要怎麼做才能讓她有精神，像以前那樣對我笑，年幼的我一點辦法都沒有。

在不知道第幾次的法會上，我聽見母親在跟某個人說話。

『那孩子會死是我的責任。』

『好想早點去那孩子所在的地方……』

『要是沒有小想，我早就死了……』

那時候，我受到不可言喻的打擊。

母親其實是想去哥哥所在的地方的，卻因為要照顧我所以不能去。

要是沒有我就能一死解脫，我卻害她要繼續痛苦。

在我不知道的時候，我成了母親的枷鎖。

有一次，我想代替母親做飯，不小心碰到鍋子有點燙傷。因為沖水降溫後很快就不紅了，疼痛也只是短短一瞬，所以便說沒事，但母親非常慌亂，帶著我大半夜的到醫院。抱著我在小小傷口上塗了藥貼了紗布的手，淚水止不住的流。

『不要再做危險的事了！』

『不可以靠近火源，烹飪實習也休息吧。』

『連小想都出事的話馬麻就……』

此時我注意到了。我什麼都不要做就好。我明白了我什麼都不做是唯一不會讓母親擔心、困擾，能夠幫助母親的事。

哥哥死後大概半年，母親稍微冷靜一點，得以恢復以往的生活。但是另一方面，母親的行事態度也宛如換了一個人。

她過去明明不是個會過度干涉孩子的人，會在家務、育兒的零碎時間中發展自己的興趣，可現在完全放棄一切個人興趣，對我過度保護、過度干涉。

她喊我的時候，也一直如我幼時喊我『小想』。我因難為情而決定不喊『馬麻』，第一次喊『媽媽』的時候，她像是世界末日般絕望。

『這麼做是要離開馬麻了嗎……』

我怕像在畏懼什麼顫抖著哭泣的母親模樣，所以那之後就繼續喊『馬麻』。

母親大概希望我永遠都是個孩子。希望我是沒有父母親翼護就無法生存的幼兒。

我回到家後她會問我每天在學校發生的事，了解我的人際關係。曾經幾次直接去找我的同班同學，問他們我在學校時的狀況，或是緊迫盯人的說『要是傷害我家孩子，我是不會原諒的』。

我不再和同學一起玩，也交不到新朋友。逐漸不和任何人說話。如果母親會擔心我的人際關係的話，如果憂心會因此給朋友帶來麻煩的話，不如一開始就不要跟任何人親近得好。

畢業後的選擇全由母親決定。我想按照自己的想法選學校，話雖然沒有說出口，但母親明顯不高興。會去考現在這所高中，也是因為母親提議，這所學校離家近可以走路上學，不用騎腳踏車或搭電車就能到很安心。大學和學系，也一定是母親來決定吧。

如今在母親身邊的只有我，唯一留在母親身邊的我，必須支持、幫助她。這麼一想，我只能一句抱怨都不說乖乖聽話。

另一方面，「為什麼是我」的這個心情，也在心中的角落盤踞。哥哥的死明明是哥哥的事、是哥哥的選擇，為什麼我得這麼想不可？如果哥哥沒有死，我就不用背負這種重擔。如果哥哥還活著，我就能普通的隨著自己的心意而活。

因為哥哥死了，我就非得因為哥哥的死而決定自己的生存方式，這種不合理折磨著我。

然而，最重要的是，我討厭這麼看待溫柔哥哥的自己。一定是很煩惱很煩惱、很痛苦很痛苦，痛苦到了最後只能選擇死亡的哥哥，卻無法不恨他的我，是個沒血沒淚的人。

但是，我把這一切想法全部吞進去蓋上，別開眼壓抑住它，盡可能不要起任何波瀾。

就這樣平淡地過了十年，或許我也哪裡放鬆了下來。和綾瀨親近的在一起，連我自己都覺得驚訝。

然而，如我所料，她被捲進來了。

深夜回到家我立刻躺床，睡得宛如一灘爛泥。深沉到無夢的睡眠。

睜開眼時已經接近中午。

我從床上起身，立刻想到不知綾瀨怎麼樣了。

她的母親非常生氣，應該會被罵得很慘吧。

這也是我的錯，是我母親的錯。造成了這麼大的騷動導致的。

不知道綾瀨狀況會不會很糟，覺得很不安，想說先聯絡吧的把手放在手機上時，房間的門咔鏘一下開了。

「小想，起來了？」

母親的臉從門縫中探出。

「早安，小想。身體還好嗎？有沒有哪裡痛？沒有不舒服嗎？」

每天早上慣例的詢問。我把手機放在床邊，一如往常回答「早安，馬麻」。

「我沒有不舒服。」

「這樣啊，太好了。昨天到處跑很辛苦吧。」

「不，所以……。」

母親像打斷我說話似的繼續說下去。

「小想，你很累了吧。今天一天在家好好休息。」

我的視線落在手機上。

得去和綾瀨見一面。至少要看看她的狀況，不看我會擔心。

「……不，我待會稍微出去一下——。」

「不可以。」

我還沒說完，母親就打斷我。

「今天待在家裡，小想。」

母親微笑著。雖然語氣溫柔親切，但非常肯定。我一時語塞，然後鼓起勇氣。

「……但是，就一下……我得去。」

「不行。」

母親的表情一點一點扭曲。

「你打算去見那孩子對不對？……小想，還不能拒絕，要和那個孩子來往吧，一定。」

母親的話語裡雖然沒有明顯的責備，但透露出如論如何都要把我離家出走歸咎在綾瀨身上的意思。從昨天開始就一直是這樣，煩透了。

不是這樣的，就在我想反駁的時候。

「……我有不好的預感。」

母親突然低著頭小聲地說。

「跟那種家庭出身的孩子當朋友，對小想也會有不好的影響……。」

不好的預感，那種家庭。

我聽不懂母親在說什麼，皺起眉頭。

「水月同學，是吧？在那麼不幸的家庭長大的確很可憐，會想逃走也是沒辦法的，所以她才會利用你的溫柔。」

我心臟怦怦跳動，拚命擠出聲音，開口詢問。

「……什麼意思？妳剛剛開始在說什麼？妳明明完全不知道綾瀨的狀況，這種……。」

「我知道。」

母親緩緩抬起頭。

「我查過了。」

「……什麼!?」

我睜大了眼睛。

「查過是什麼意思？為什麼要做這種……？」

不知道，聲音變得尖銳。查過了，這個機械般的聲響，讓我心跳如擂鼓。

母親眼神飄移地回答。

「開始放暑假之後，小想的樣子不太對。明明放暑假總是一直待在家裡的，到底是去了哪裡？我很不安，所以就跟在小想後面。結果看到你跟那個孩子碰面……。」

跟在我後面？什麼意思？而且為什麼要調查？

我拚命壓抑湧起的混亂與不滿，試著盡可能用平靜的語氣說明。

「……什麼在哪裡做什麼，只是因為同社團，就一起回家而已啊。」

「但是，第二天、還有第三天，都在一起吧。從早上開始一直……也沒去學校。」
我覺得血氣上湧。
一週前，她說打電話到學校確認社團活動是否有在進行。也就是說，她跟在我後面，知道我跟綾瀨見面，為了證明社團活動休息所做的。
太奇怪了，我想。再怎麼樣、再怎麼親近，做這種事情也太奇怪了。
「為什麼要跟蹤我……？」
我拚命壓抑著想質問的心情，壓抑聲音。
「因為小想，你不是說過沒有朋友也沒關係嗎？既然如此，會跟她在一起，表示那孩子很特別吧？這樣的話，馬麻就必須得先了解那孩子才行。」
「必須了解是什麼……。」
「這是家長的角色。應該確切知道小想是不是有被捲進奇怪的事情，是不是遇到了危險。不這麼做的話，就不是合格的家長。」
母親的眼睛空虛得嚇人。
啊啊，是的，我想。哥哥自殺的時候，比起周圍的責備，最甚的是母親的自責。
所以，她或許覺得必須全面監視我的一舉一動，以免我和哥哥走上一樣的道路。
我不是不懂她的心情，但連沒說的部分都想全面掌握，我背脊發冷，有種說不出的詭異感覺。

母親從放在旁邊的兩個信封的其中一個中，拿出幾張紙。

「這個，是拜託徵信社調查的資料。」

我再次倒吸一口氣。

「什麼……？」

「我調查了綾瀨同學的身家背景。」

母親口中接連說出無法想像的話語，我覺得頭暈目眩。

昨天，她能這麼快就跟徵信社的偵探合作，是因為一開始就有聯絡。能立刻聯絡綾瀨的母親，也是如此。

「這，是什麼……！」

「因為我很擔心。和小想交朋友的人是什麼樣的人，馬麻有義務要知道吧？」

「什……。」

不顧因為驚訝和打擊而啞口無言的我，母親一邊讓我看這些資料，一邊開始流利地說明。就像是已經讀過很多次，把內容背下來似的。

「綾瀨同學是單親家庭，聽附近鄰居說，她父親似乎有外遇把妻子丟下跑出去的……真是過分的男人。她的母親一個人把綾瀨同學拉拔長大，白天有上班，晚上還跑去兼差，好像是酒店一類的……總是化濃妝、穿顯眼的衣服……感覺的確是那樣的人。聽說也有和壞男人來往。綾瀨同學小時候似乎有受到暴力對待，附近鄰居說看過好幾次身上有明顯的瘀青……而且，她現在好像也還是自己在超市買吃的，買即期品那種快壞掉的便宜貨，家裡一定沒有好好給她吃飯。看她瘦成那樣，她的媽媽是不是放棄育兒了呢？」

關於她，我過去在意的事情、耿耿於懷的事情，有種漸漸連接起來的感覺。過於纖細的身體、傷痕、瘀青。原來如此啊，我想。

但是，這是，不對的。太奇怪了。

我頭暈目眩更甚。不想再聽下去，我閉起眼、塞住耳朵。即使如此，母親的聲音還是鑽進我的耳膜。

「雖然對那孩子很抱歉，但連說場面話都稱不上是好的環境啊……。這樣的家庭怎麼培養得出好的孩子呢。她好像還有說謊癖，果然精神方面不太正常啊，好可憐。當然本人應該是沒有責任的，不過跟那種孩子交朋友的話，小想一定會被帶壞。不要再接近她了。」

「為、什麼……這樣的……。」

我的呼吸亂了。顫著肩膀痛苦呼吸，我終於吼了出來。

「……不要做這種事！」

母親驚訝的睜大了眼睛。

「為什麼要擅自調查我朋友的家境！這太奇怪了！」

這當中有多少是真的、綾瀨不想讓人知道而拚命藏在心底的事、不是自己說出口的事，我不想知道。

「這一切都是為了你好。」

母親理所當然的回答。

「妳的意思是只要說為了我好，什麼事都能做!?」

我是第一次用這麼大的聲音反駁。母親雖然一臉驚訝，卻一點都不懷疑自己行為的正當性。

「當然。因為馬麻很擔心小想，很擔心喔。」

「擔心就什麼事都能做？這麼想要我照妳說的做嗎？我只能跟妳認可的人來往嗎!?」

「照我說的做……我沒有這麼想。只是想到如果你交了不好的朋友，被捲進不好的事情的話怎麼辦，很擔心很擔心……。」

雖然一副擔心我的口吻，但其實母親心裡只想著哥哥。無法從哥哥死亡的束縛中逃脫，以這個理由束縛我。

「……夠了……。」

我深呼吸。然後宣告。

「——我，和哥哥，不一樣……。」

母親睜大了眼睛，像說不出話似的嘴唇翕動。然後啞著聲音喊著。

「為什麼要這麼說……！」

母親一下子雙手摀著臉，肩膀顫抖。

「小想，你變得好奇怪，全都是那孩子害的對不對？你明明以前都是個乖孩子的，都是因為那孩子，你才會這樣跟馬麻說話……。」

像是世界末日般的悲歎聲。

「你這孩子怎麼變成這樣……馬麻明明這麼用心的養育你……。」

『不要用這種挾恩圖報的說話方式，誰拜託妳養育我了？』

我把想說的話給吞了回去。話到嘴邊時，最後一道自制力啟動。把另一個我的嘴塞住。我腦中響起「只有這個不能說」的制止聲。

過了半晌，母親忽然抬起頭，慘白的臉上露出乾笑。

「果然只能轉學了。」

這過於突如其來的單字，我無法立刻理解詞意，整個人僵住。

「有那孩子在的學校果然不是個好環境。她柔弱又不可靠，會讓人莫名在意吶，小想是個溫柔的人，要是她在身邊就無法放著不管。所以，轉學比較好。」

「等、等一下……妳在說什麼？」

我混亂不已，硬是擠出話來。

「吶，轉學吧，其實我已經決定好新的學校了。」

母親一臉奇妙的開心，把資料從另一個信封裡拿出來。好像是鄰縣高中的介紹冊。

「這裡啊，一年舉行兩次轉學考試，在三月和九月。為了趕上九月的考試，得趕快寫申請書才行。」

「這種事……做不到吧……我不要……。」

我已經不知道要說什麼了。開玩笑吧，如果不是這樣就只能認為是哪裡出問題了。

「小想的話沒問題的，小想很聰明，一定能考上。」

「不是這個問題！」

她這次用懇求的表情抬頭看著大喊的我。

「……吶，拜託。請理解馬麻。馬麻是為了小想才這麼說這麼做的。因為喜歡小想。小想是知道的吧？」

接下來她對我說的話，我都沒有聽進去。

但是一點一點的，在心底像沉澱物一樣堆積。堆積了近十年的那個東西，逐漸接近水面，我再也沒辦法裝做沒注意到它幾乎要無法阻止的從我心裡溢出來。

「我是為了你才這麼說、這麼做。小想還是孩子所以應該還不懂，你要是長大了，一定就能懂馬麻的心情。」

「……這……」

我發現的時候，沉澱在心裡的那個東西從內側打開我的嘴。

「這真的，是為了我嗎？」

我終於說出口了。這在我心中糾纏無數次、無數次的疑問，終於化為言語了。

「咦……？」

母親的臉色變了。一臉驚訝的睜大了眼睛。

「不是為了我，而是為了妳自己吧？」

一度潰堤的洪水，已經沒有任何人能阻止了。在它全部流出去、水勢緩和之前，我自己也無法阻止。

「馬麻……媽媽妳總說、總說是為了我，但妳從不聽我想做什麼。無視我的心情所做的決定，真的是為了我好嗎？」

流利的把話說出口，連我自己都嚇了一跳。

冷靜、冷靜，感情用事的話就失去意義。雖然我這麼告訴自己，但話越說越快，聲音也越來越大。

「在我看來，媽媽想的不是為了我、不是我的事，只想著把我變成妳希望的樣子而已。」

「你在……說什麼？」

媽媽像硬擠出話似的開口，臉色慘白。

「媽媽妳，只是，想把我放在身邊而已吧。」

「這個……這個，因為，不在身邊會不安啊。因為我擔心小想。要是小想不在了，馬麻就活不下去了……。」

我覺得自己的臉在抽動。

沒有我就活不下去，這話我已經聽膩了。這句緊緊束縛住我、把我拖進無底沼澤的，宛如詛咒般的話。

對我說這些話，覺得我會高興嗎。不，不是的。說這些話，只是要操縱我，讓我照著她的意思去做而已。

但是，我已經沒辦法當媽媽的娃娃娃，沒辦法當哥哥的替身。

無處宣洩的憤怒、焦慮、空虛。自己也無法處理完的感情逐漸膨脹，從內部爆發。

「——其實，我消失比較輕鬆不是嗎？」

我一直、一直藏在心裡的話。在說出口的瞬間，媽媽倒吸一口氣。

「呃……？這什麼意思？」

我察覺自己忽然笑得扭曲。

「媽媽其實，覺得要是我不在就好了吧？」

「不是……不是這樣的！」

媽媽大喊著站了起來。

「要是沒有小想，馬麻就沒辦法活到現在……！」

「換句話說，如果沒有我，就不用痛苦地活著了。」

媽媽像說不出話似的嘴脣翕動。我一邊看著她的臉，一邊小聲地說「我」。

「我……是為了讓媽媽活下去而存在的嗎？我必須活下去，只是為了讓媽媽滿意嗎？」

「小想……。」

「我不是為了媽媽而生的。」

我的話如刀刺在媽媽心上，汩汩流血。我知道會變成這樣，所以才說出口。因為我想做點什麼改變它，因為我想改變。

但是，在媽媽淚眼盈眶的瞬間，我就懂了。自己的舉動全是徒勞無功。

「小想……妳為什麼不懂呢……馬麻是，馬麻是……。」

媽媽雙手摀臉，從指尖溢出的淚水流到手背。

我發著抖嘆氣。

「太狡猾了……媽媽總是這樣哭，所以我什麼都沒辦法做。只能忍耐……。」

總是這樣。我想表達自己的意見也是，因為媽媽哭泣，所以我只能閉口不言。

「……媽媽，妳想，折磨我嗎？」

不是，不是這樣的，媽媽搖頭。

「馬麻很重視小想。因為只有小想是馬麻的生存價值……，因為馬麻是為了小想活下來的……。但是，為什麼你要說讓馬麻這麼難過的話……？」

媽媽帶著一張滿是淚痕的臉，緊緊抓住我。

我反射性的伸手要去扶她的身體，但還是沒撐住摔下去，倒在沙發上。

即使如此，媽媽還是緊緊地抓著我。

我無力的抬頭望著天花板。不行了，什麼都說不通。

我一直很努力。總是小心的不讓媽媽不安、不讓媽媽哭泣，一切都照媽媽所說的去做。要是哪天媽媽能安心的相信我的話，媽媽的不安就會消失吧，我為此努力著。

即使如此，這個人沒有改變。所以我也沒辦法改變。就這樣永遠的，被綁在這個家裡。

「啊啊神啊，請不要從我身邊奪走小想……。」

明明從我這裡奪走了許多東西，明明連綾瀨都奪走了，自己的東西卻不想被奪走嗎？但是。

「……我不是媽媽的所有物，也不是媽媽的附屬品。」
「神啊拜託、拜託，小想是我唯一的寶物，其他的東西我都不要，所以只有小想……！」
看吧，果然是這樣。
媽媽崩壞了。在哥哥死去的那個時候。
所以看不見我，也聽不見我的聲音。
媽媽不懂我的心情，我也不理解媽媽的心情。一定不會有互相理解的那一天。
「啊啊，小想！馬麻重要的小想！」
她緊緊的、緊緊的抱著沉入絕望中的我。像是在抱著我，但一定是在抱著自己和哥哥。
真噁心，我想。強烈的執著與依附，噁心到想吐。
然後，無法抵抗這一切，在某個地方放棄了的自己，也很噁心。
「……我知道了。」
沒說是什麼，我這麼說。
媽媽一下子抬起眼來。
「你懂了嗎？」
「嗯，我知道了喔。」
「太好了……。」

我看著半空笑了。

或許是對我的回答感到安心，媽媽終於離開我的房間。

外面已經一片淡淡夜色，沒有什麼聲音，所以我放輕腳步試著走到一樓，媽媽在客廳沙發上睡了。似乎睡得很沉。

我再次回到自己房間。

我打開手機電源，確認有沒有訊息或電話。綾瀨沒有聯絡我。

打電話看看吧。想確認她的狀況，更重要的是想聽他的聲音。想著這些事的自己，有點好笑。

聽到媽媽嘴裡說出轉學這個詞的時候，我腦中第一個想到的是綾瀨。想著是要是轉學了，就見不到她了。

我對現在的學校毫無留戀，但沒辦法忍耐見不到她。

我第一次注意到這一點。我應該是喜歡上綾瀨了。理所當然的不想離開她。

手機開始震動。

我看向螢幕，畫面上出現『未顯示號碼』，說不定是惡作劇電話。

即使如此，我依舊按下通話鍵，把手機貼到耳朵上，回應「是」。從電話的另一頭，傳來微弱的聲音。

「……我知道了。」

我點點頭，掛了電話。

再次放輕腳步下了樓，確認媽媽睡熟了之後，走進廚房。

打開洗碗槽下的抽屜，取出水果刀。

就這樣走到客廳，站在熟睡的媽媽跟前，低頭看她的睡臉。

「……再見，過去謝謝照顧。」

為了不吵醒她，我小聲、小聲地說。

◇孤獨的螢火蟲

我每次回到亂七八糟的家，就會覺得不安。

這是我的牢籠，當然不允許外出，想到一輩子就只能活在這裡，就清楚知道我無論做什麼努力都是徒勞無功。一切都是沒有用的。

只有我和媽兩個人的家。只要媽的心情不好，家裡的氣氛就會變得沉重，連好好呼吸都無法。

我一邊抱著青色的鱗片，一邊在夜幕低垂的房間裡盯著它看。

到我小學二年級為止，爸也一起住在這裡。

但是，並沒有特別溫暖幸福的記憶。反而是時至今日仍然不想想起的每一天。

爸只要喝醉了、有什麼不順心的事，就會露出鬼一樣的表情瘋狂暴怒，是個粗暴的人。有嚴重的暴力行為與話語。他會突然大罵出現暴力行為，所以我現在聽到大聲的成年男性聲音，身體就反射性的會發抖。

媽總是會因為一些小事生氣，會拿東西丟我、打我、捶我、踢我，把我打倒在地、痛罵我。

我並沒有每天受到那麼多的傷害，但一次被疼愛的記憶都沒有。我記得的，都是他不滿的抖著腳喝酒的背影。幾乎沒有眼神交會過。

沒耐心、立刻會生氣又總是宿醉，工作時間當然都不長。失業的時候每天都懶洋洋的睡到中午，被解雇後就不高興的整天待在家裡，所以我跟媽都很小心不要惹他生氣。爸不認真工作，所以我有媽總是出門工作的印象。

現在想想，真的是一點用都沒有的父親。但小時候的我，總是拚命的希望爸能認同我的存在，讚美我、喜歡我。幼兒園的時候拚命背誦平假名，填滿五十音圖。學校課業也很努力，國語和數學拿到一百分，喊著『爸，你看你看』，結果卻只得到他一臉不愉快地回應，『我現在很忙，不要跟我說話』。

進入小學後，爸爸經常對我施暴。

一年級時，我在家練習在學校學到的歌，爸爸大罵『吵死了，閉嘴！』，用力地甩了我一個耳光。

被幾乎能蓋住我整張臉的巨大手掌用力揮打，那手掌逼近的模樣，至今記憶鮮明。與幾乎被打飛的衝擊同時，響起什麼東西破掉的聲音，我大概是腦震盪了，一瞬間失去記憶。回過神來時我倒在地板上，臉頰燒灼般的熱，尖銳的耳鳴起來。腦袋昏沉沉的，暫時站不起來。

在那之後，我一想唱歌嗓子就像卡住似的。明明爸不在我眼前，但只要想起那時的恐怖記憶，呼吸就無比困難，怎樣都唱不出來。

二年級的時候，我趁著爸睡午覺的時候悄悄練習運動會的舞蹈，被不知何時醒過來的他從背後踹了一腳。完全沒注意所以一點準備都沒有，沒有任何抵抗的倒地，不但腳踝扭傷，膝蓋也撞壞了。皮肉裂開，痛到不行，腳只要碰到地面就劇烈地疼，我哭著走了好一會。

但是，我被事先叮囑過不能跟任何人說，不想給總是辛苦工作的媽帶來困擾，所以絕對不能講。可能是因為沒去醫院接受過正規治療，即便過了十年，我的腳踝依舊時不時地酸疼。膝蓋也一樣，除了留下疤痕外還很不舒服。特別是跑步時常常隱隱作痛，原本我的體育成績相當不錯，結果從那年的運動會開始，就一直是倒數第一名。再加上為了保護受傷的腳，沒辦法好好奔跑，常被周圍的人嘲笑。最後一到體育課時間，我乾脆就故意摔倒，用誇張難看的方式跑步。

『身體不舒服嗎？不想好好跑嗎？妳是哪種？』

我曾被班上的女生小團體圍住質問。我沒辦法老實回答我是被我爸踢了一腳而受傷，立刻說：

『……其實，我是人魚喔，所以沒辦法好好走路，也沒辦法唱歌。』

用這樣的謊言含糊帶過。

連自己都覺得荒謬，無法讓任何人相信的垃圾話。但這是我使盡全力編織出的謊言了。因為不能跑、不能唱歌，所以是人魚。我覺得自己做得不錯，非常喜歡，所以一有機會就這麼說。

聽到成年男人的怒吼，我的身體也會自己發起抖來。特別無法忍受男老師罵學生的聲音。只要突然大聲起來，我就會覺得害怕，一點辦法都沒有。為了掩飾，我故意誇張的驚聲大叫，自己跳起來。

對我的行動，大家先是憤怒、傻眼，逐漸放棄，盡量不跟我有來往。稱我是『說謊的水月』啦、『愛演女』啦。嫌惡、疏離、敬而遠之。

這樣也好。這樣比較好過。

我開始說謊是有原因的。因為不想讓大家知道我自己和家裡的狀況。

被爸爸拳打腳踢，媽媽越來越奇怪，被爸爸討厭的自己。都是些不想讓人知道的事。要是大家知道我的真面目或家庭環境的話，只會覺得不愉快吧？所以說謊對我或周圍的人來說都能舒服點。

那之後沒多久，某一天爸突然消失了。說出門一下，離開家後，就這樣再也沒有回來。也不知道是生是死。

我已經忘了是因為什麼，不過那是爸爸痛罵我的隔天。

爸離家這件事，我當然覺得吃驚，但毫不傷心。我覺得和媽兩個人的生活一定比較輕鬆。可媽並非如此。她像世界末日一樣悲傷，陷入絕望，哭著說『妳爸不在了好寂寞，我要怎麼活下去』。我那時才知道，媽明明被打成那樣，卻還是喜歡著爸。

每天喝酒喝到半夜的媽，有一次喝到爛醉，半睡半醒的說。

『都是水月害的，妳爸才離家出走。因為水月不聰明伶俐，妳爸覺得煩、討厭，所以才離家。水月從我身邊奪走了爸爸……。』

這打擊比爸離家那時還強烈數百倍。我沒有想像過是我的錯，所以知道媽是這麼想的時候，非常非常驚訝。

說不定連媽都會討厭我，我該怎麼做才能得到她的原諒呢？

第二天早上，媽像完全忘記前一天晚上發生的事一樣抱著我，哭著說『水月，不要留下我一個人，哪裡都別去』。我是第一次見到她這麼脆弱的模樣。

那時候，我一邊拍著媽的背一邊想。如果是我從媽身邊奪走了爸，至少我有繼續陪在媽身邊的義務。我絕對不會離開媽。

所以我以不讓媽覺得不安為第一要務而活。下了課馬上回家，假日也不出去玩。因為國中規定要參加社團活動，所以選了能稍微早點回去、假日也沒有活動的社團。

小小的我心裡，大概是有種使命感一樣的東西在燃燒吧。我覺得這麼做，可以減輕因為爸不喜歡我而讓媽難過的罪惡感。

但是，我越是想待在媽身邊，媽的樣子就越是奇怪。我只是稍微晚一點回家她就大哭狂怒，手邊能拿到什麼東西都朝我丟過來。若是要談畢業後做什麼，會變成大麻煩。那生氣的方式像是被爸附身一樣。

我覺得這依附的狀況並不尋常，然後心情就像是被拉進無底沼澤似的。但是，我覺得因為是我害爸離家，所以我必須跟媽在一起。

但是，我漸漸覺得負擔沉重，在家裡難以呼吸。

媽大概也察覺到了我的想法。她一定是感覺到我的心在離開，所以從那時開始頻繁地叫救護車。我大概知道，她是想讓我擔心，要把我綁在她身邊。

那時遇到了羽澄，覺得只有和他在一起的時候能好好吸到空氣，回家越來越憂鬱。

「就不該有這種東西！」

媽大喊著，抓緊我的手機，用力對著牆壁丟。

砸到牆上時同時響起鈍鈍的聲音和尖銳的聲音，空咚一下掉在地上。

螢幕裂得亂七八糟。大概已經壞掉沒辦法用了。

沒有得到媽的允許就跑出家門，和羽澄兩個人到遙遠的地方，讓媽非常生氣。大概是至今最氣的一次。

「妳為什麼要做這種事!?」

「妳不知道我怎麼想的嗎!?」

「我怎麼樣妳都無所謂嗎!?」

「妳打算離開我嗎!?」

「妳根本沒辦法獨立生活不是嗎!!」

回到家之後，媽媽就一邊狂喝酒一邊不斷罵我。運氣不好，今天媽休假，所以罵了一整夜。

都是同樣的話反反覆覆，我一邊對不起對不起的道歉，一邊被甩不掉的睡意侵襲，不小心跪坐著就打起瞌睡。肩膀立刻被狂搖醒了過來。

我霍一下抬起頭，或許是因為酒或許是因為憤怒，媽漲紅了臉嚴厲地瞪著我。

「對不起！」

我反射性的道歉，挺起背脊。

「妳以為道歉就沒事了嗎！」

明明只能道歉，卻連道歉都被指責，我不知道該怎麼做才好。

又想嘆氣，我拚命把嘆氣吞了回去。

「水月完全不懂我的心情。」

媽不高興的把捏扁的啤酒罐用力放在桌子上，從罐口噴出的黃色液體沾染到榻榻米上。

「為什麼？我明明一直為了養育水月而一個人努力著，為什麼要離開我？」

媽像緊緊綁住般用力抓住我的手腕。好痛。我咬著嘴脣忍耐著。

「妳爸走了，明明這世界上只有我們兩個是家人，為什麼水月妳……。」

媽的話像漲潮一樣一點一點吞沒著我，我動彈不得。

沒有地方可以逃。

在媽面前我身體僵硬，想說的話也不能說，聽見在說是怎麼了。

「吶，為什麼妳不懂呢？」

「我知道啊……所以說對不起。」

「不要再只有嘴巴上道歉了！反正妳把我當笨蛋對吧！」

無論表現出多平靜、表示理解的表情，道歉，都沒有用。

原本媽就沒有打算聽進我說的話，也不打算相信我。她覺得只有自己的想法是正確的。

所以我低著頭，等待風暴過去。

「水月！妳有在聽嗎!?」

大概是喝醉了沒辦法調整下手的力道，我的手腕被媽像要阻斷血液般更用力的握住。幾乎又要捏出淤血來。

「吶，妳不會又想要去考離家很遠的學校吧？就像考高中那時一樣……。」

「……沒有、這種事。」

停頓了一下，我的聲音有點斷續。

「那，這是什麼啊!!」

媽突然把手伸進桌子底下，拿出某個東西，啪地一下扔在桌板上。

啊，我喊出聲來。是結業式那天學校發的升學就業指南，還有要在暑假結束後交上去的升學就業調查表。要我們利用這本書，在暑假期間更確定自己畢業後要做什麼。

這明明應該藏在書桌抽屜最裡面的，為什麼會在媽手裡？

於此同時，我想起來反正之後會改，所以現在……勾了希望升學，以及在大學一覽的幾頁上貼了便利貼的事，一陣血氣上湧。

「呃……那個是……。」

我顫抖著聲音想著該說什麼。但是，在我想到適合的藉口之前，媽就壓低著聲音問我。

「……吶，水月。我說過要妳就職對吧？為什麼變成希望升學了呢？」

我拚命搖著因為混亂已經腦子一片空白的頭。

「不是，那個，可能是我不小心寫錯了……。」

但是，媽的表情越來越難看。

「這樣的話為什麼大學的頁面貼了便利貼？沒有要考不會貼便利貼吧。吶，水月！這怎麼回事!?」

「不……不是，這只是隨便……。」

這種臨時推托的藉口完全沒用。我平常能撒謊就撒謊、連自己都驚訝的嘴，現在完全派不上用場。

媽大喊著「不要說謊了！」，把貼著便利貼的頁面撕成粉碎。然後，把那張寫過位於東京的大學校名的調查表也撕碎了。

「吶，妳打算去東京嗎!?要逃走、要從我身邊逃走嗎!?」

媽把指南一摔，抓住我的肩膀。竭盡全力的緊緊、緊緊抓著。指甲陷進肉裡，尖銳的刺痛起來。

好痛，我不由得痛喊出聲，但媽大概沒有聽見。她完全沒有放輕力道。

「明明是妳害的那個人離家，妳還要捨棄我!?」

媽激烈的搖晃著我。尖銳的聲音震耳欲聾。

「為什麼！為什麼妳不懂呢!?要是沒有水月的話，我該怎麼辦才好!?說不定會倒下死掉，妳卻打算離開我!?」

我閉上眼，再次等待風暴過去。

過了一會，媽一邊流著淚一邊瞪著我低語。

「妳這不孝女……我為了妳努力工作，拚命養育妳長大，妳卻要背叛我……」

然後，露出苦笑僵著臉說。

「——要是沒有生下妳就好了……。」

我覺得自己的心臟被一把尖刀切成碎片。

雖然我有微微感覺到她的想法，不過卻是第一次實際聽見她說出口。

我從汩汩流血的心臟拔出刺進的刀，直指媽媽。

在我心裡某處，有個覺得傷害這個人也沒關係、希望她嚐嚐和我一樣的痛苦的，這種殘忍念頭的自己。

「——我沒有拜託妳生下我。我一直覺得，要是沒有被生下來就好了……。」

明明是自己拿刀相向，媽卻因為我的話而倒抽一口氣，睜大眼睛看著我。

下一個瞬間，媽站了起來，就著這個勢子甩了我一耳光。我來不及躲，衝擊力太大，我失去平衡倒了下去。

媽用左手壓著打我的右手，然後忽然對著我伸出雙手。我反射性的閉起眼睛，縮起肩膀。

但是，媽用這雙手抱住了我。

「啊啊，對不起啊水月……很痛吧。」

在我耳邊低語的聲音。像是慰勞、像是安慰、像是乞求原諒。

她這麼做我總會什麼都說不出口。沉默著任由她抱著。

但，這不代表疼痛會消失，傷口會癒合。

「但是，是水月不好。因為妳要離開我……我明明只剩水月了。妳不會像那個人把我丟下對不對？水月是溫柔的孩子啊……。」

並非溫柔，只是忍耐而已。我心裡這麼想，但當然說不出口。

「……嗯。我哪裡都不去，會一直在這裡喔。」

我唇瓣間不住地說出話語。

媽一定聽不見我心裡嘰嘰嘎嘎的聲音。

媽哭出聲音，像個孩子似的淚流滿面，沒多久後就睡著了。

幾乎同時，我也像斷電似的倒在被褥上。

當我一下張開眼睛時，房間裡一片昏暗。

我又夢到了。那個成為人魚，在廣闊海洋中自由地游泳的夢。

呆呆的看著天花板，然後把手插進口袋，拿出我的寶物。

人魚鱗片。爸還住在家裡的時候，媽給我的東西。

透過從窗外照進來的微弱燈火看。圓形的，帶著藍色的透明碎片。在明亮的地方，邊緣會閃著採紅色的光。大概是玻璃碎片一類的東西吧。

大概是我還在讀幼兒園的時候。兩個人在沙灘上散步時，媽突然蹲下來，從沙子裡挖出有一半埋在裡面的這個碎片。用指尖輕柔地拂去沙子，在太陽光下照耀。

『哇——好漂亮喔！』

『很漂亮吧？』

我們相視而笑。

我問『這是，什麼呀？』，媽想了一下，然後笑著回答。

『說不定是人魚公主的鱗片喔。』

『欸！人魚公主的鱗片!?』

那時候的我非常喜歡人魚公主的繪本。每天晚上睡前都要纏著媽唸給我聽。我好喜歡閃閃發亮的、有點感傷的那個人魚公主的世界。化為海中泡沫的結局，對當時的我來說，感覺像是非常美麗的夢，雖然悲傷，但我非常喜歡。

媽把掉在海邊的一個小小垃圾碎片，說成是人魚鱗片，是對我的體貼。

每次見到這個鱗片，就覺得被當時的幸福回憶包圍，所以我把它貼身帶著。

但是，這沒有任何意義了，我想。

就算帶著這個，現實生活也沒有任何改變。就像是從某個坡道上滾落一樣逐漸惡化。

媽睡著，周圍都是啤酒空罐。我被她抓住的手腕上，有著紅色的指印和青色的些微內出血。臉頰也刺痛而發燙。

這就是我毫無改變的日常。永遠持續下去。

「……已經，不行了……。」

回過神來，我小聲地這麼說。

「總覺得……好累……。」

我再次低語。

從牢籠中飛出去什麼都沒有改變，只能回到籠中生活。雖然知道，但在這裡非常非常痛苦。

因為，會一直重複。只要我還在這裡，這種事情必定一直重複。

只要我不消失，我跟媽就一直不會改變。

離開這種日子的方法，解脫的方法，已經只剩一個了。

我搖搖晃晃地站起身，打開玄關大門。

我一邊在夜色中往海邊走去，一邊告訴自己沒事，再忍耐一下。我馬上，就會化成海中的泡沫消失了。

可是，為什麼呢。想消失的想法，以及為什麼非要消失的想法，都存在在我心中，既痛苦，又難以呼吸。

我不想消失，不想化為海中的泡沫。

不過，比起就這樣活下去，我想融化在海中要更舒服。

明明已經做好了心理準備，我為什麼會這麼無法捨棄對生的執著呢。

「好痛苦……。」

我不由得低語，溼了眼眶，發現自己在哭。

手摸摸臉頰，已經被淚水沾溼。

即便是說再多討厭的話，對我而言，媽還是我唯一的家人，是沒有人能取代的、重要的人。如果媽不在了，就只剩我孤零零的一個人了。

對媽而言，大概也是一樣的。即使覺得辛苦，還是養育我長大，一定是因為覺得我很重要吧。

即使如此，為什麼要像那樣，對彼此說出傷人的話呢？明明知道對方的心在淌血，還是硬要說出這樣的話呢？

活著，好痛苦。

儘管死亡應該也很痛苦，但是，對我來說，繼續活著會一直、一直痛苦下去。

海浪聲與蟬鳴交織在一起，不知道從哪裡傳來太鼓的聲音。

啊啊，對了。今天是夏日祭典。

一思及此，我腦中浮現出羽澄的臉。
和他約好了要一起去。他雖然一臉嫌棄，但他一定會來。
我跑到附近的公園，打開靜靜矗立在角落的公共電話亭大門。
昨天在便利商店羽澄放在我這裡，但因為偵探跑來所以沒能還回去的零錢還在口袋裡。
我記得他的電話號碼。他告訴我號碼時我非常開心，無數次看著聯絡人列表，不知不覺就記住了。
我謹慎地按著電話鍵，把話筒放在耳邊。鈴聲，響了三次。
『是我。』
是羽澄的聲音。
我放心的鬆了口氣。
就像一直等待的救援之手朝我伸了過來似的，就像在又熱又乾的沙漠中持續行走，不支倒下時突然有綠洲出現似的。就像在海裡溺水拚命打水時，忽然被拉上水面似的。這樣的想法，讓我感動。
「羽澄……。」
嘴唇拉出微笑的形狀，想裝出什麼事都沒有的聲音，但我發著抖、聲音沙啞，沒辦法模糊帶過。

「……好痛苦。幫幫我。」

所以，如果怎麼樣都沒辦法隱瞞的話，就老實說吧。

電話的另一頭瞬間沉默下來。

然後聽見吸了口氣的聲音。

『……我知道了』

他明確的回應。

『妳現在在哪裡？我立刻過去，妳在那裡等我』

嗯，我小聲地回答，緊緊地把話筒抱在胸前。

我坐在附近的長椅上呆呆地望著夜空，眼前突然有個小小的發光絲線飛過。

那是什麼啊，我定睛一看，是螢火蟲。這附近有森林和河川，應該是從那裡飛來的吧。

仔細一看，公園裡有幾隻螢火蟲飛舞。

但是，這幾道螢火蟲的光亮，雖然靠近、交錯，但卻沒有近距離的一起飛，不管哪一隻都是單獨輕快飛舞。即使周圍有同伴，也是單獨一隻。

和人類一樣。即使有很多很多人，大家最後還是孤零零一個人。

雖然彼此接近，擦身而過，但每個人還是獨自生活。

我們最後的夏日祭典

綾瀨坐在海濱公園的長椅上。

長長的頭髮，就像漂在海裡似的隨風飄蕩。

那個，我開口喊她之後，一時語塞。

「……對不起。」

我不知道該說什麼才好，就這麼說了。

「為什麼要道歉？」

緩緩抬起頭的她雖然在微笑，但那雙眼睛即使在夜色中也看得出來，哭腫似的發紅。

「對不起。」

我只能道歉。不想讓她知道我已經知道關於她的種種。

「所以為什麼要道歉呢？」

她覺得好笑，肩膀顫動。之後忽然望向海面，小聲地說。

「……謝謝你來。」

不，我搖搖頭。

後來怎麼樣了，發生什麼了。雖然我覺得以我的立場應該要問，但並沒有辦法簡單地付諸言語。我沒辦法決定她想不想跟我說發生了什麼事。

我在綾瀨身邊落座。

我們兩人肩並肩看海。一如往常的，在海浪拍打上岸時，會匯聚無數的垃圾，不知道從哪裡飄來某種東西腐爛的酸臭味。

不知道過了多久。綾瀨忽然看向我。

「……吶，羽澄。」

從她看起來似乎下定決心要跟我說什麼的表情，我一邊想著應該還是要問啊，一邊調整自己的坐姿。

她話稍微頓了一下，然後呵呵笑著說。

「你，現在在想什麼？」

事情不如我想像，我沒力的垂下肩膀。然後，想著應該怎麼回答，緩緩開口。

「……我在想像，要是沉入海底，會是什麼感覺啊。」

這樣啊，她一邊點頭，一邊輕笑。

「吶，羽澄。」

她又喊了我一聲。我回她「什麼」。

「轉生的話，變成什麼好啊？」

問第幾次了啊，我輕笑著回答。

「我不想轉生。活著太辛苦了。」

這樣啊，她點點頭。

天已經完全黑了。倒映著天空的海洋，也染上了藍黑色。

「吶，羽澄。」

嗯，我回答。

「我也，好累了喔……。」

為了不讓她察覺我瞬間屏住了呼吸，再次說了「嗯」。

「我以為只要我想逃，就能逃出去。但是沒有辦法……總覺得，已經好累了啊。」

綾瀨一邊呆呆地看著什麼都沒有的半空一邊低語。

「就連有想在一起的人，都不被允許……。」

我緩緩眨眼後，像沒事一樣的說。

「那，要不要一起死呢？」

她也沒事一樣的輕輕回答。

「好欸，好主意。」

溼漉漉的眼睛看著海面。

「兩個人的話，一定，就不可怕了。」

她像是說給自己聽似的，我指向懸崖的另一邊。

「去淚岬吧。」

沿海的道路上，到處都是往夏日祭典會場的人們。

他們穿著浴衣或甚平（註），拿著瓶裝飲料或團扇，脖子上掛著毛巾，每個人都滿臉笑意。真的每個人都在笑。

我和綾瀨像左右分開人海般逆著人流而行。他們興奮期待著即將開始的快樂時光，沒有人會注意到我們。

「……吶，我們會下地獄吧。」

綾瀨突然這麼說。我回答「或許」之後，稍微繼續想了想。

「……不過啊，如果是跟綾瀨一起，就算在地獄裡說不定也還算有趣啦。」

她瞬間因為措手不及而語塞，然後呵呵笑了。

「真的？」

「真的喔。」

「……是騙我的吧？」

「妳覺得呢？」

我含糊帶過似的笑了。

我忽然想起，在淚岩碰到，被後藤所救的那名女子不知道怎麼樣了。

或許會再度尋死，說不定已經不在這世上了。

抑或是因為被後藤所救，所以重新考慮了呢？

若是這樣就太好了，即使是別人的事想。

在絕望到想死的時候，有個明明是個無關的外人，卻不求回報，一心拚命幫自己一把的人在的事實。

這件事若能在她心中點起雖然小但溫暖的火焰，給予她活下去的希望或勇氣就好了，我想。

（註）一種上衣下褲的日式便裝。

會有因她的死而難過的人嗎。我不知道。也是有像我哥那樣，無論被如何深深愛著，還是選擇死亡的人。

例如我死了的話，媽媽一定不會想著我哭泣吧。她只會想起她最愛的、至今仍然愛著的哥哥，為了無法抹去哥哥死時她所嚐到的遺憾而絕望地哭泣。

因為對現在的媽媽而言，我是哥哥的替代品，只是透過對我做她無法對哥哥所做的事，昇華自己的遺憾、減輕罪惡感的角色。

途中我撿了被丟在路邊的繩索。雖然已經嚴重褪色，表面也破破爛爛，但試著拉拉看之後，發現強度還是相當足夠。

抵達淚岬的我們，尋找稱手的石頭。大概五分鐘左右，找到了個雙手都幾乎要搬不動的，又大又重的石頭。

「這好像不錯。」

「好欸，就用這個吧。」

綾瀨微笑著點頭。

她也和我一樣，有想以死從束縛中解放的心情。

我們在淚岩旁邊做準備。

先把撿來的石頭用繩子綁好，接著把繩子兩端分別綁在彼此的腳踝上。

我右手悄悄插入口袋，確認口袋裡的東西。很好，它在。要是有這個東西，就能順利進行。

我們綁著重重的石頭，往海岬的前端緩緩走去。

眼前是衣片沒有盡頭的夜晚海洋，次第開展。打上岸的海浪聲音，以及對面沙灘傳來的夏日祭典喧鬧聲。

「如果轉生的話……。」

綾瀨牽著我的手，自言自語似的說。

牽著的手，微微的顫抖。我不知道是我在發抖，還是她在發抖。說不定兩個人都在發抖。

「希望能過著自由的人生啊。」

她用空著的手輕輕撫摸淚岩。

「神啊，求求祢。不是人類也沒關係。人魚也好、鳥也好，什麼都可以，不會被關在牢籠中，不被任何人束縛的人生就好……。」

我緊緊握住她的手，代替我的回答。

我想不出想成為什麼。

只要不是『我』，什麼都可以。神啊，請讓我轉生變成比『我』做得好，比『我』更快樂的生物。

我自然而然的想，而後覺得好笑的輕笑出聲。向神許願，真是太不像我了。我明明不信什麼轉生，當然也不信世上有神，卻跟著綾瀨理所當然的許願。

我不期待自己能轉生成為想成為的事物。

只是，拜託，希望我接下來要做的事情都能沒有意外，順利進行。希望絕對不會失敗。

我只對神明許下這個願望。

「……走吧。」

綾瀨瞟了我一眼。

「吶，羽澄。」

「嗯？」

她一度住了口，緩緩眨眼之後，她脆弱的眼眸溼漉漉的低語。

「不要，忘了我……。」

那張一如往常笑著的臉龐上，流下了一行淚水。

「不會忘記的。」

我回答完，她微微歪著頭說「太好了」。

「那，再見了，羽澄。」

她輕輕揮手，我點點頭。

「綾瀨，再見。」

我們兩人轉身面向前方。緩緩深呼吸，我開口出聲。

「預備……。」

深深吸了一口氣後朝地面一蹬，從海岬上跳了下去。

一口氣壓上來的重力，猶如撞向海面，迅速下沉。

沒有喘息的時間，想著接近水面的瞬間，伴隨著衝擊的力道，海水與泡沫包裹全身。這時，我們牽著的手鬆開了。

由於綁著沉重的石頭，身體就這樣被拉進海底似的往下沉。

我為了不讓肺裡吸滿的空氣洩漏出去，拚命閉緊嘴巴。

當然，不是為了要活下去。

而是因為還有必須要做的事。

我的右手握著從口袋裡拿出來的水果刀，左手朝綾瀨的方向伸出。

要死，我一個人就夠了。

我強烈到不可思議的相信著，我是為了讓綾瀨活下去，才撐到現在的。

明明自己以死逃避，卻希望她活下去，我知道自己自以為是過頭了。但是，無論如何，我都不希望她死。

綁著她腳踝的繩子——在我想要去抓繩子的時候，我注意到了。
她朝著我伸出手。然後另一隻手上，握著她總是帶著的，像是玻璃碎片一樣的東西。
我驚訝不已，咕嚕嚕的吐出空氣。
一瞬間，我們視線交會。深海般湛藍的眼睛，靜靜地凝視著我。
彼此伸出的指間互觸的瞬間，兩人同時緊握住對方的手，拉到一起。
彼此抓起對方的繩子，各自把刀刃抵在繩子上，用力摩擦。
幾乎是同時切斷對方的繩子，只有沉重的石頭緩緩下沉。
呼吸困難，氧氣不足。
明明做好了赴死的心理準備，卻本能的渴望著空氣。
我雖然急忙朝水面游去，但吸了水的衣服變得沉重，身體無法自由行動。在瀕臨缺氧的時候頭探出了海面，我哈啊哈啊的大口呼吸。感覺到空氣滲進肺裡。
往旁邊一看，綾瀨不在。我立刻下潛，在水深兩公尺左右的地方抓住她揮舞的手，拉她上來。
她氣喘吁吁的呼吸，看起來很痛苦。
「腳、腳、啊……。」
綾瀨表情扭曲地說。是她之前提過的舊傷痛起來了吧。

我背著她，拚命往陸地游去。
得想辦法救綾瀨。
背著人游泳非常辛苦。無法正常行動的狀態下，我奮力揮動手腳。
我應該沒有餘力游到沙灘。發現附近有防波堤，我朝著那邊去。
雖然勉強抵達，但從正下方看，防波堤非常高，要爬上去很困難。
「喂，你們沒事吧！」
從上面傳來聲音，仔細一看，拿著釣竿的人慌忙地朝我們伸出手。
身體漸漸沒辦法動彈，也沒有餘力回應。
我一度潛入水中，把綾瀨扛上肩頭。腳踩在消波塊上，全力一踢，從水面跳出來。
搆不到。再一次。
我自己知道，這是最後一次了。要是這次還是搆不到的話，我就動不了了。
我用盡全身的力量踢消波塊。
我看見她朝天空方向伸出的手，牢牢地抓住了它。
太好了。總算是完成了。
這麼想的瞬間，我力氣用盡。
我的身體像已經不是我自己的東西似的完全動不了，像一個物體一樣，簡簡單單就往下沉。明明往上浮這麼辛苦，沉沒只有一瞬間。

我腦中忽然浮現出鯨魚屍體沉入海底的景象。

在失去意識之前，我看見水面另一邊綾瀨哭泣的臉。看得好清楚。

她在喊什麼。一邊哭一邊喊。

明明想守護她的笑容，為何卻把她弄哭了呢？

我真是個笨蛋。

SAYONARA USOTSUKI
NINGYO HIME

七章　人魚之淚

◇贖罪之淚的味道

我很久以前就決定，要在十七歲的夏天結束前死去。

要說為什麼是十七歲的夏天，其實沒有特別的意思。

只是莫名的覺得，『十七歲』和『夏天』的組合，非常適合『死』。十六歲的話還是孩子，太早了，如果十八歲的話又已經是個大人，太晚了，所以我想，在大人與孩子夾縫間的十七歲死去剛剛好。

關於死亡，雖然是無意識的，但我應該已經想很久了。我一直有這種感覺，自己沒有活著的價值，也沒有活著的意義，所以死亡是理所當然的。

我想，就算我死了，也一定不會有任何人為我哭泣。我沒有親近的朋友，所以不會有人難過。媽一定會為了我哭泣吧？但是，實際上並不是為了我，而是為了失去丈夫和女兒的『可憐的自己』而哭泣。

可是，這太寂寞了。

我會這麼想的契機，是國中時讀了安徒生童話『人魚公主』的原作。活了幾百年的人魚公主，憧憬著只能活幾十年的人類。是因為人生雖短，但依然擁有靈魂，死後能夠轉生的緣故。

我想，若我就這樣死了，或許真的不會留在任何人心中，在身體死去的同時就從這個世界消失。海中泡沫啪一下爆開，在那一瞬間消失無蹤，和甚至看不出曾經有泡沫，一樣。

雖然這輩子過得沒什麼意義，但希望死前至少有人能記得我。轉生後想有稍微好一點的人生，重新好好生活。

我想轉生。思考該怎麼做才能轉生時，我在某本書中找到了答案。人死之後，如果有人為他難過、記得他的話，這些念想便會成為靈魂的力量而轉生。

若是如此，我就必須找到會為我的死而難過，我死後還會記得我的人。

這時候，我發現坐在我前座，安靜而冷漠的男孩，羽澄想，是個非常溫柔的人。

教室裡跑出蜈蚣，在大家一片「跑到哪去了？」「殺掉殺掉」的騷動當中，他用自己的筆記本接著蜈蚣，悄悄地走出教室。我不由得跟了上去，看見他在校舍內院裡放走了蜈蚣。他站在那裡直到看不見蜈蚣的影子，才回到教室。

幾天後，我在回家路上偶然看見了蹲在路肩的羽澄。我以為他是在看螞蟻列隊，結果在他的眼前，躺著一隻可能是被車撞到，傷痕累累、一動不動的小貓。默默看了半晌的他，輕輕抱起小貓，緩緩邁開步伐。我再次追上一看，他在不遠處空地上的草叢中埋葬了小貓，閉眼合掌。

第二天，我到那塊空地一看，那裡供著貓罐頭、水和小小的花。

純白色的美麗花朵。

我看著在風中搖曳的白色花瓣，想著「就是這個人了」。

羽澄很溫柔。不管是什麼與他無關的生物，他都理所當然的傾注善意。

若是這麼溫柔的他，在我死後，或許多少為我難過吧。然後，說不定會記得我。這麼一來，我就能轉生。

所以，我接近羽澄。我想，如果我跟他熟悉起來的話，在我死後，或許他會把我放在他記憶的一隅。一點點碎片也沒關係，希望他能記得我。

我利用了羽澄。為了實現自己的願望。

但是，最後卻變成了這樣。

這一切都是我造成的。我做了無可挽回的事。
「羽澄，對不起……。」
我在幽暗的候診室抱膝而坐，呻吟似的低語。
哭也沒有用。已經發生的事情不會改變，過去無法改變。
儘管知道，可我的眼淚依舊止不住的流。
沾溼嘴脣的眼淚，驚人的異常苦澀。

不知道過了多久。
在淚水開始乾涸的時候，終於稍微能冷靜的思考了。
羽澄拚命地幫助了單方面擅自利用他的我。傾注全力，即使是犧牲自己的生命，也要幫助我。

他沉入海底時候的臉，現在還歷歷在目。
平靜的眼神。看起來像是做好死亡的心理準備，接受命運的樣子。
然後，我從他平靜澄澈的眼神中，接收到他對我說「活下去」。
羽澄這個人，比我想像得還要溫柔。
別人一定都不知道。或許大家都覺得他冷漠、沒表情，總是冷冰冰的，或許連他自己都沒有發現到，但我明白。
羽澄也帶著不想被人看見的重傷活著。和我兩個人在一起的時候，雖然只有一點點，但可以窺見他隱藏在冷靜臉孔下的脆弱。
不過，正因為他一定經歷過許多的悲傷或痛苦，才能有包容一切的單純溫柔。
他賭命給予我的溫柔，我一丁一點都還沒有還。
我想，再見羽澄一面。
可是，現在的我不能見他。不可以見他。
這樣的話，我該怎麼做才好呢。
首先是必須改變。必須變強到可以獨立。
這麼一來，一定能回應其他人的善意。
我站起來，踩在全白的地板上。
然後，來到在羽澄房門口的警察面前。
「怎麼了？能說話了嗎？」
我點點頭。
剛才警察對我說「告訴我們發生了什麼事」時，我拚命哭，什麼話都說不出來。因為被事情變得這麼嚴重嚇到，還有不想被人知道。我害怕被人知道我真實的一面。

但是，這樣下去不管多久都不會改變。
我用手背拭淚，深呼吸一口氣。堅定地往前看，清晰的開口說。
「請幫助我。」
警察驚訝的睜大眼睛。
「我已經不想回那個有媽媽的家了……。」
滑過臉頰的淚水，已經不苦了。只有鹹味。
我想起那時海水的味道。

◆傾瀉而下的光之花瓣

久違的學校，莫名有種奇妙的小而美感覺。
不過，我覺得比以前要明亮乾淨了，真不可思議。
我走在從窗外照進大把陽光的走廊上。因為是暑假的最後一個假日，所以好像每一個社團都休息，沒有學生，一片寧靜。

我推開位於盡頭的生物教室大門，走進教室，沼田老師從準備室探出頭來朝我輕輕招手，開口說。

「喔，羽澄，真是辛苦了啊。」

「不，完全不會，沒什麼大不了的。」

老師直直看著我，不知道為什麼露出一點苦笑。

「身體沒事了吧。」

「是的，沒問題。謝謝老師關心……老師那時候哭得超慘的，沒事吧？」

「……不要開大人玩笑啊。」

老師這次傻眼似的笑了。

我一邊喝著老師泡的咖啡，一邊想那天發生的事。

和綾瀨一起從淚岬跳進海裡，我勉強救回她後，就力氣用盡、失去意識。

時間感都沒有的時候，我忽然張開眼，眼前是一片純白色的世界。

我想著地獄是這種感覺啊，意外漂亮啊的時候，傳來哭喊的聲音，我清醒過來。

我在病房裡，看著天花板。

床邊是哭到跌坐在地的媽媽。她一邊哭到喘不過氣，一邊說了好幾次「小想，太好了」。

啊，我沒死。嚇了一跳後，我慶幸自己沒有死。從心底湧起的，強烈的念頭。

如果哥哥和我都不在了，媽媽一定會崩潰的吧。幸好沒有走到這一步。我事到如今才這麼想。

我以為自己死定了，結果運氣很好的被救了起來。好像是因為偶然看到我們跳海的目擊者報了警，警車和救護車已經抵達，立刻把被釣客拉起來的我和綾瀨送到醫院。

就在我一邊看著抓緊床鋪大哭的媽媽一邊呆呆想事情的時候，沼田老師突然來了。在教師辦公室工作的老師偶然接到媽媽打去學校的電話，慌慌張張的趕到醫院。然後，他看著我的臉，身體一點一點地滑落，癱坐在地上。為什麼連老師都在哭？

雖然我自己說我已經完全沒事了，但醫生說「缺氧時間太長，需要仔細觀察腦部有沒有受損」，所以住了三天院，還說出院後也要靜養，所以在家躺了整整三天。

然後今天，班導說想跟我聊聊關於下週開始的新學期情況，兼之聽我的近況，所以叫我來一趟，便久違的到學校來。媽媽雖然說擔心想陪我來，但我認真的懇求她「拜託，希望妳不要再做這種事了」，她雖然一臉受到打擊的樣子，還是作罷了。

在類似會議室的地方，班導、學年主任、校長、副校長、保健室老師圍著我，各種問我到目前為止的狀況、將來要怎麼應對，關心我有沒有希望學校做什麼，終於結束後，我放鬆下來，來到生物教室。

「……以前啊。」

喝完咖啡的沼田老師自言自語般緩緩地說。
是，我回答完，老師無力的笑了。
「我以前導師班的學生，也曾經自殺未遂。」
我屏住氣息，凝視著老師的臉。
「丟臉的是，我完全沒有發現。也沒有和那孩子談。突然收到聯絡，聽到那孩子吃了大量的安眠藥被送到醫院時，我震驚到幾乎要昏倒。幸好那孩子沒事。」
「……太好了。」
「我不想再犯同樣的過錯，所以經常留意學生的狀況。要是有一點和平常不一樣，要是有什麼覺得奇怪的地方，我就會立刻開口問一問。」
老師重重嘆了口氣，像是想起什麼似的看看半空，再望向我。
「再次接到同樣的電話，我連拿話筒的手都在抖。」
真是對不起，我小聲地說。老師輕輕一笑，回答，這不是羽澄的錯。
「沒想到是羽澄和綾瀨……我完全沒發現。」
恐怕老師在自責、後悔，沒有察覺我們心裡痛苦到試圖自殺，沒有阻止我們。
但是，我搖搖頭。
「老師當然不會發現。因為我是，綾瀨也是，我們都盡全力不讓別人發現。這不是老師的錯。」

像我們這樣的人，會竭盡全力的不被周圍的人察覺。為了不讓別人發現而貼上堅固的鱗片。

即使如此，老師緩緩開口。

「還是希望能談一談……。」

我想起哥哥。我已經記不太清楚了，腦中浮現的哥哥模樣，是遺照上的那張臉。

如果心裡有痛苦到想選擇死亡的煩惱，找人聊一聊會比較好。我是不是錯過了什麼信號呢？這大概是自殺者周遭親友的想法吧。在那之後，媽媽一定也一直是這麼想的。

「一旦溺水就來不及了，所以要是快溺水的話，請不要猶豫，尋求幫助。逃走需要力氣。要是完全沒有力氣，就逃不了了。所以，得在力氣用盡之前，趁著還有跑的力氣時逃走。趁著還能逃的時候逃走。在溺水之前，游泳。要是自己都已經動不了，周圍的人即使想幫，也幫不了了。」

好的，我小聲回答。

這是真的。逃走也是需要力氣的。如果自己一個人掙扎到連力氣都沒了的最後關頭，身體就再也無法動彈，只能倒下。

「希望你們這些年輕的孩子，能更信任、更依賴大人一點。雖然不被信任、不被依賴，也是因為我們能力不足就是了……我身為老師，絕對希望當學生有任何問題的時候能找我商量，希望學生能依賴老師、相信老師。否則就不會選擇教師這個職業了。」

「……比起說是老師的錯，更重要的是我們完全沒想到依賴大人。所以老師並沒有錯，也不是老師的責任。」

「就算你這麼說，但人就是會想很多啊。」

老師呼的吐出一口氣。

「……有這樣的媽媽，羽澄和綾瀨你們之後也會很辛苦吧？」

老師到醫院來探病的時候，我有稍微提了一下媽媽還有之前發生的事。老師好像也有跟綾瀨談過，又一臉幾乎要哭出來的表情說，你們兩個都辛苦了。

媽媽在知道我是自己去跳海的時候，陷入半是瘋狂的狀態。

我對著她哀嘆『我明明這麼努力的不讓這種事情發生，為什麼』的背脊，忍不住說『這就是原因』。

『我知道因為哥哥的事情所以妳這麼做，但過度的什麼事情都要擔心、干涉，不照妳的想法去做就哭……妳發現到這束縛著我、折磨著我了嗎？一直沒有自由，我再也沒辦法忍耐了……。』

我第一次直接說出自己的想法。

媽媽非常驚訝，陷入沉默，過了小半晌才小聲地說。

『……我是為了你好，才這麼做的……。』

『這句話，是最折磨我的』

媽媽表情扭曲著哭喊『你的意思是馬麻的錯嗎？』。

那時候我的思緒奇妙的清晰，覺得這人好可憐。

愛子自殺身亡，為了不犯同樣的過錯而急切努力。明明哥哥的死不是媽媽的錯。明明是哥哥自己的選擇。然後自責不已，不知道該怎麼辦才好，為了不讓我走上和哥哥一樣的道路，只好用異常的過度保護來養育我長大。

要化解媽媽長年來根深蒂固的想法，應該不是簡單的事。只有我一個人一定做不到，必須要借助大人的力量不可。

接下來該做的事情堆積如山。

「……我想是的。」

我嘆了口大氣點點頭，老師低眉笑了。

「那個，我知道家裡的事情很難啟口，但什麼時候、什麼事情都能找我談談。教師就是為此存在的，所以不要忘記有我們在。」

好的，我點點頭後，開口問我一直很在意的事。

「……綾瀨她，怎麼樣了呢？她家裡沒事了嗎？」

那天之後，我一直沒能見到她。她沒到病房來，我的手機又因為泡水故障無法使用，也聯絡不上她。問媽媽她也什麼都不告訴我。那個人似乎還是認為是綾瀨害得我尋死的。

住院期間從主治醫師那裡得知「你救的那個女孩沒事」，沼田老師也說「不用擔心綾瀨，羽澄你先安心休養」，所以我知道她總歸是保住一條命而多少安下了心。然後家裡的事情，警察和學校也都了解情況，有不少大人介入其中，所以情況應該不會更差了。

但是，她的身體真的沒問題了嗎？母親那邊也沒事了嗎？我還是很擔心。

今天，我擺脫媽媽說「在家裡再休息一下」的阻攔到學校來，是因為想多少問一下綾瀨的狀況。

老師點點頭開口。

「警察到醫院來，因為羽澄你無法出聲，所以好像問了綾瀨事情的經過。剛開始她哭到沒辦法說話，但過了半晌，綾瀨突然去警察那裡，說『請幫助我』。」

我驚訝得張口結舌。

「她一邊眼淚直掉一邊說『這樣下去，我跟我媽都要不行了』。」

「這樣啊……。」

「現在學校輔導人員和社工都已經介入，好像在討論接下來的事情。」

我一邊點頭，一邊想。

這個，心神不寧卻又溫暖的感情，是什麼呢？

我想了會，發現到了。啊啊，是開心啊。我現在，是開心。

她一定是第一次主動伸出援手。為了好好得到對的大人的幫助，她把隱瞞至今的情況說出口，希望其他大人能幫助她。

太好了，我想。裝得一臉平靜，但其實痛苦到想死的她，終於承認自己的痛苦，希望被拯救。

這一定，已經沒事了。

「綾瀨好像在教室喔。」

老師說。

我睜大眼睛「欸」了一聲。

「但是，今天不是沒有社團活動……？」

「嗯，但是，他因為想跟羽澄你慢慢聊所以來了。她在教室裡等，跟我說如果我跟你說完話告訴她一聲。」

「這、這樣啊……。」

沒想到今天會見到面，我微妙的坐立不安起來。

「雖然用這間教室也可以，但應該在沒有人的地方兩個人碰面比較能好好說話吧。好啦，趕快去吧，我想她現在正在等著喔。」

我慌忙站了起來對老師鞠個躬，離開生物教室。

我的心臟微妙地怦怦跳，連自己都覺得不可思議。

我迅速下了樓，穿過走廊，抵達教室。

我站在門前看著教室裡面。那長長的美麗黑髮，在窗邊被陽光照得閃閃發亮。

「綾瀨。」

我深呼吸一口氣後，小聲喊了她的名字，走進教室。

長髮搖曳，小小的腦袋轉了過來。

「羽澄。」

綾瀨是這個模樣嗎？我的心怦怦跳，她帶著澄澈的笑容，看著我。

一個禮拜不見了。但是，可能是一直都沒能見到面，湧起一股懷念的感覺。

「好久不見。」

「嗯，好久不見了。」

她有點害羞說話的表情，讓我的心怦怦跳。

「你沒事吧？」

「沒事，綾瀨呢？」

「嗯，很有精神喔。」

「太好了。」

我走過去，在她旁邊的座位坐下。

我們沉默互望了半晌。沒把握住挪開視線的機會，為了掩飾自己的心神不寧而開口說「但是」。

「那時我可是被妳嚇得不輕，沒想到妳要切斷我的繩子。」

綾瀨微微嘟起嘴說「這是我的台詞吧」。

「沒想到你竟然還帶了刀子。準備得也太齊全了吧？」

「因為我出門就打算這麼做了。不知道為什麼綾瀨妳帶著玻璃碎片啊。」

她嘿嘿嘿地笑了。

「在找石頭的時候，有破玻璃瓶碎片掉在地上，就撿起來了。」

「也太隨意了吧。」

「因為羽澄你突然說要一起死呀，我急死了。」

我輕輕點頭，眼睛看向窗外。淺藍色的空中，薄薄的雲朵飄過。
「沒想到我們兩個人想的是同樣的事……。」
「真是嚇了一跳。」
覺得有趣的一笑後，綾瀨平靜的開口問我。
「……為什麼，明明說了要一起死，卻還要救我呢？」
「因為我覺得我能做的，只剩下這個了。」
我低語般回答。
「我非常非常清楚想要一死了之的心情。所以沒辦法阻止。即使那時候阻止下來了，總有一天還是會出現相同的狀況。」
但是……我繼續說。
「……我不希望妳死。」
我發現綾瀨想死的時候，就希望她能活下去。
我明白在苦痛之中活下去有多艱辛，可我不希望她死。
「但是，我知道想死的心情不是這麼簡單就能消除的，所以才打算一起跳到海裡，然後只讓妳獲救。」
付諸行動一次，或許她就會打消想死的念頭吧，我想。

「我代替妳死，希望妳活下去。」

「……我是個有被別人這麼看待、有生存價值的人呀？」

綾瀨真心覺得不可思議似的說。

「生存價值，是指對社會有沒有用這種？」

「嗯，那個，類似這種感覺。我這個人啊，會給人帶來麻煩，也沒什麼用。」

「我並不是因為覺得綾瀨妳是對社會有益的人，才希望妳活下去的。」

她眨了眨眼睛。

「只是因為對我來說，綾瀨是特別的、與眾不同的、無可取代的。所以不希望妳死，如此而已。我是個自私的人，因此有沒有社會價值都無所謂，只是為了自己希望妳活下去……我擅自行動，抱歉。」

很不像我會說的話。我也很驚訝自己能不害羞的說出這些話。莫非是一度尋死導致的？現在，與自己的羞恥心相比，我覺得把我對綾瀨的心情傳達給她更重要。

我喜歡她的笑容。希望她能一直微笑。如果有什麼東西擋住了那個笑容，我會把它消抹去。

「所以，我想連妳的份一起死去。」

我這麼說完，綾瀨噗哧一笑，微微歪頭。

「不是連我的份一起活下去？我有聽過人家說連誰的份一起活，但是連誰的份一起死，還真是新穎的說法呢。羽澄果然很溫柔。」

「溫柔？哪裡啊？」

「因為，羽澄你之前不是說過嗎，轉生的話，想成為鯨魚的屍體。」

這話我沒聽懂，我睜大眼睛看著綾瀨。

「聽到這句話的時候，我就覺得羽澄是個溫柔的人。因為，這是想成為大家的養分的意思吧。」

「……不是的，我只是覺得活著很累，想成為不是活物的東西而已。」

「但是，不單是死去，而是對其他生物有幫助、成為其他生物糧食的死去不是嗎。我不在意自己死後會怎麼樣，可羽澄是會考慮到死後的世界的，所以這一點相當溫柔。」

「……我不懂。」

我聳聳肩，換了個話題。

「是說妳現在怎麼樣？在兒童相談所（註）？」

考慮綾瀨家的狀況，我想理所當然的覺得會是這樣。但她搖搖頭說「沒有」。

「怎麼說呢？兒童相談所基本上是到十八歲為止，不過沒辦法收容高中生的情況還滿多的。」

我張大眼睛，啞口無言。

「怎麼會……那……」

「嗯，但是，我能理解。和父母關係不好、被父母不當對待的孩子大概有幾十萬人，但能收容的人數是有限的，這麼一來就會優先收容年紀小的孩子，一定的。兒童相談所裡有很多兩、三歲的孩子，有很多比我辛苦、有性命之憂的小小孩啊……」

綾瀨皺著眉低語。

「所以，如果是高中生的話，頭腦和身體都有所成長可以反抗家長，有在打工賺錢的話也能夠自立，好像應該能逃離家長的支配。」

的確，從一般人的角度看來或許是這樣。如果是即將成人的高中生，其他人會覺得已經能夠獨立自主了吧，或許可以做點什麼。

「不過，從小到大這麼多年一直被支配、束縛、壓抑著活下去的人，是很難自己逃走的……。」

聽了我的話她點點頭。我和她都沒辦法靠自己的力量逃出來，才選擇了結自己的生命，從痛苦中解脫。

（註）日本的兒童福利機構。可提供養育諮商、兒童與家庭相關的調查與判定，也能暫時收容兒童或執行親子隔離安置。

「對啊。即使是高中生，也很難逃離家長掌控。就這樣放著並非什麼好事，非得改變不可……。」

我驚訝的屏住呼吸。

綾瀨的目光看向了其他人、看向了社會。思考著未來的事。

這大概是因為她現在有思考自己以外事物的餘裕了吧？

「那麼，綾瀨妳現在怎麼樣？離開家住外面嗎？」

「嗯，託你的福。有兒童庇護所，高中生也能住進去，所以我現在緊急在那邊避難，之後會跟負責的人談談，是要回家跟媽一起住、還是去寄養家庭，如果都無法安置就要自己賺錢生活，進入獨立救援中心，還是要自己一個人住比較好。」

「這樣啊……之後會有很多辛苦的事情，要加油喔。什麼話我都願意傾聽，有話想聊的話，隨時打電話給我。」

她微笑點頭說嗯。沒有為了隱藏自己感情而貼滿鱗片的，直率的笑容。

「綾瀨妳，為什麼要救我？」

我開口詢問，她靜靜地直直看著我的眼睛，然後。

「這是祕密。」

噗哧一笑回答。

「欸，還有這樣的？」

我驚訝的一聳肩。綾瀨笑著撐著臉說「有啊」，望向窗外。

「夏天要結束了耶。」

無論是清淺的藍天，還是刷子塗上去似的雲朵，都已經開始瀰漫著秋天的氣息。

「明明應該是最後的夏天，卻活下來了吶。」

我微笑著說完，她像是想到什麼似的開口。

「啊，這麼說起來，我們明明約好了要去夏日祭典卻沒去成。」

我默默從書包裡拿出文件夾。用指尖拿著今天早上和早報一起丟進信箱裡的傳單對著她，讓她看內容。

「還來得及。今天有煙火。因為那天晚上天氣不好就延期了。」

綾瀨的眼睛啪的一下閃閃發亮。

「想去！」

我笑著回答「去吧」。

「夜間水族展也沒去成，下次好想去好好參觀喔。」

走出校門，綾瀨一邊推著腳踏車走一邊說。

「那個啊，我之前仔細的看了一下網頁，上面有寫未滿十八歲需要監護人陪同。」

我的話讓她睜圓眼睛。

「咦，那個，就算那時候沒有被偵探發現，我們也還是沒辦法參觀的意思？」

我笑著回答「是的喔」。她也咯咯笑著說「真的假的啊——」。

「那，滿了十八歲再去吧。」

「對啊。」

明明不知道到那時候還會不會在一起，但就理所當然的約好了。

我們朝著煙火大會會場漫步而行。

途中，我們兩人都被便當店窗戶上貼的海報吸引了目光，上面寫了『不要尋死』的文字。

『不要尋死。想尋死的話請打這支電話。你不是一個人。』

寫了自殺防治單位的單位名和電話。

「羽澄為什麼覺得死了也無所謂呢？」

綾瀨停下腳步，看著海報開口問。

我平靜的開口。

「我哥，在他高一的時候自殺了。」

她一臉驚訝的轉過頭，睜大眼睛看著我。

「真的，那一天突然發生的。他和平常完全一樣，毫無徵兆，就突然自殺了。非常非常驚訝，真的是嚇了一大跳，打擊很大……。」

我流暢到不可思議的把話說出口。明明隱瞞至今，沒有和任何人提過，也說不出口的。

但是，我其實是想要說出來的。希望有人能聽我說。

終於找到想傾訴的對象，放鬆下來似的，話語從我的身體裡向外溢出。

就像是依附在身上的邪靈退散，我腦中浮現出這個畫面。因為跳海，家裡的事情被大人們知道了，但反而卻有種『再也不用隱瞞了』，撥雲見日的感覺。

然後我突然想把一切都跟綾瀨說。最希望傾訴的對象，真的，是綾瀨。

現在想想，在跳海之前，我要是一開始就跟她多聊一聊就好了。

「事發後，才知道哥哥在學校有人際關係上的煩惱……媽媽非常自責自己什麼都沒有發現，然後狀況越來越奇怪……擔心我擔心到異常的程度而過度保護，連我的人際關係都要干涉，對我的束縛加劇。她應該是認為，為了不讓我重蹈哥哥的覆轍，一定要一直監視我不可。」

「這樣呀……雖然我不知道為什麼會變成這樣，但羽澄很辛苦啊。」

「嗯……從小我就拚命努力不讓媽媽擔心，但漸漸覺得窒息，不過一看到媽媽哭我就無法反駁或反抗。這時候，就覺得要是死了就解脫了吧。」

我沒有說媽媽擅自調查綾瀨的事。這說不定會讓她覺得不舒服。

「……綾瀨妳，為什麼想死呢？」

這次換我反問皺著眉聽我說的她。

她右手在喉頭、左手在腳上輕輕摩挲著回答。

「我雖然老說自己是人魚所以走不好，因為是人魚所以不能唱歌，但這個，其實，是我爸害的。」

「……欸？」

這出乎意料之外的答案，讓我一時語塞。

接下來綾瀨告訴我的，對我來說是非常沉重、疼痛、痛苦的事。

「……為了不想讓別人知道我討厭的那部分，就不管不顧一直說一直說，不留一絲空隙。如果好像要被察覺了，就說謊也好做其他事情也好的模糊帶過，這麼一來，就不會被人能看見我的內心世界。」

她也是把過去絕對不願被人看見，不惜隨便說一些沒有人相信的謊言也要隱瞞的事情，毫無保留的全說出來。

她也跟我一樣。應該是想說給我聽的吧？

綾瀨做到了主動向警方求助。或許是她身上的邪靈退散了，然後，或許是想對我說。

「但是，怎麼說，我真的很累。媽酗酒、歇斯底里，心情好的時候才會給我飯吃。即使如此，如果我想要到外面讀大學，她就會非常非常生氣。怎麼說呢，一想到哪裡都不能去，一輩子得待在這個房間裡，就覺得不想活下去了。」

「……這樣啊。」

以前覺得我跟綾瀨明明完全不像，但不知道為什麼有種類似的感覺。現在終於找到了答案。

我用一直閉口不言保護自己，她用一直開口說話保護自己。這麼一來，我們就能拚命隱藏不想被人看見，不想為人所知的自己，活下去。所以我覺得我能稍微理解她的感受，她也能稍微理解我的感受。

不過，至少我沒有像她那樣，被父母暴力相向。

「和綾瀨相比，我的經歷根本不算什麼……。」

爸爸對我漠不關心，媽媽對我過度干涉，這對我來說的確相當痛苦，卻遠不及留下後遺症及心靈創傷的她那麼慘烈。

但是，綾瀨聽了我的話後搖搖頭。

「不是這樣的。」

她坦率的說。

「我的痛苦是我的痛苦，羽澄的痛苦是羽澄的痛苦。不能比較，也沒有比較的意義……你哥哥過世的事也好，為了你媽持續忍耐的事也好，你是真的很努力了。」

眼底漸漸熱起來，我慌忙揉揉眼睛。

「但是啊。」

綾瀨一邊盯著『想尋死的話』這串文字一邊低語。

「不是想死……只是活得很累而已。」

我點點頭。

「是一種死亡當然很恐怖，可是，如果繼續下去真的真的活得很累，為了解脫只能死，沒有死亡以外的逃生路的感覺。明明不想死，只是因為活得很累所以尋死，既難過，又寂寞。」

綾瀨的話，讓我沉默的眨眨眼。

「如果我沒經歷過那些事，一定不會想尋死。但是，現在的我，不僅是因為自己的問題，而是因為周遭的狀況而變成現在的我。因為周圍的人尋死，是多悲哀的事啊……。」

她看著我。

「羽澄你被救護車帶走，失去意識的時候，我真的這麼想。僅僅因周圍的人而被領向死亡，羽澄明明就不需要死的啊，要是你死了該怎麼辦才好……。」

她大大的眼睛裡，淚水滴滴滾落。

總是帶著笑容的綾瀨，哭了。

我不由得伸出手掬起她的淚。

「謝謝。」

回過神時我這麼說。

「我以為就算我死了，也不會有誰為我哭泣。」

媽媽應該會哭，但我想那是她為了自己流的淚。我的世界裡只有媽媽，所以我想，就算我死了，也不會有人為我哭泣的。

但是，綾瀨卻為了我不住流淚。

「羽澄，對不起。」

她一邊哭一邊道歉。

「為什麼道歉？」

「因為，羽澄差點被我害死啊。很痛苦吧，對不起……」

這些話讓我驚訝。

那時候的我只想著自己的事。想著能這是個正好能實現自己想死，以及希望她活下去的兩種心情，就和她一起跳了下去，只救她起來。

我沒想到自己的行為竟能讓綾瀨有這種想法。

「……對不起。」

我道歉後，她又說「對不起」。

一來一往的說「對不起」半晌後，我們兩人同時噗哧一笑。

「好想改變啊……。」

一邊再次往會場走去，一邊放空低語。

我打從心底覺得，討厭這樣的自己。只想著自己，不懂其他人的心情而無意中傷害了其他人。我不想再這樣下去了。

所以我並不是想死，就如綾瀨所說。不想活下去和想死，意義並不相同。

若是如此，為了活下去，只能改變。

「好想改變吶。」

身旁的綾瀨說。

「不是常常看到類似的故事嗎，在漫畫或連續劇裡，與某個人命運的相逢，日常生活因此有了巨大改變，發生各種事情，最後像是換了個人似的成長……。」

嗯，我點點頭。

我看著海面。海面上的漣漪反射著陽光，閃閃發亮。

「與某個人相遇而改變，託某個人的福改變……這些，全是充滿謊言的痴人說夢。在現實生活中，不會發生這麼剛好的事。」

全部，我想。

平凡常見的故事。也是有看了這個給讀者希望的故事而感動落淚的人吧。但是，這不是真的。絕大部分的人，都不曾有過命運的相逢，奇蹟沒有發生，什麼都不會改變，過著平穩而平凡的人生。

「所以，如果真的想改變的話，自己必須改變。如果想能夠改變什麼的話，自己也非得能去改變不可。好，改變吧的打起精神，用自己的雙腳堅持努力，必須自己邁開腳步。」

「是啊……是啊。」

想改變的話，只能打起精神、堅持努力，用自己的雙腳邁開腳步。

我以前做不到。只有滿腔的痛苦、艱辛與不滿，沒有做出任何真心想改變的行動。雖然有半調子的離家出走啦、試著去跳海啦，但不管哪一件，都與該面對的事情背道而馳，塞住耳朵，只是逃開而已。當然改變不了。

這樣的我，現在能像這樣活下去、呼吸、拚命地挪動腳步，是託綾瀨的福。

「但是，認識綾瀨，是我有了想改變、能改變念頭的契機喔。」

我對著走在前方的纖細背影說。

她停下腳步轉回頭，帶著滿臉的笑容回答。

「不是喔。是羽澄自己想改變的唷。」

而後有點惡作劇味道的笑了，指著自己說「我也是喔」。

「回家之後，我會和媽媽聊聊。」

像是不要讓自己的決心動搖似的，我試著開口出聲。

「綾瀨憑著自己的努力從鳥籠中飛了出去，我也得學著做啊。我會說很多次，直到媽媽理解為止。」

我把過去所想的事情、感覺到的事情、考慮的事情、忍耐的事情、無法忍耐的事情，全部和盤托出。

『請讓我擁有自己的人生』

是的，我能夠好好說嗎。

只能說出口。為了我自己，也為了媽媽。

那個家裡，時間在哥哥死後就停止了。停滯時間的殘骸成為沉積物，就這樣沉積在家裡。所以總是幽暗的、窒息的，媽媽不管過了幾年都還是滿懷苦惱。

打開窗戶，沐浴在陽光下，帶進新鮮的風息，換氣，這麼一來時間一定會開始流轉。媽媽或許就能稍微笑一笑。

「嗯。改變吧，一起改變吧。」
綾瀨歪著頭笑了。
在路邊攤位吃吃玩玩打發時間，到了要開始放煙火的晚上七點，我們在沙灘上並肩而坐。
伴隨著爆炸聲，夜空中的光之花開始開放。
煙火接連被打上天空，白、黃、紅、藍、綠，色彩繽紛的花朵盛開，填滿整片夜空。
「嗚哇——好美……。」
身邊的綾瀨著迷似的低語。全黑的頭髮上倒映出火花的顏色。
她從口袋裡拿出某個東西，用指尖捻起對著煙火的光。
「這是，什麼？」
「人魚的鱗片。」
她開心地回答。
我稍微往她身邊靠了點，看著那個像鱗片一樣的東西。在透明的碎片中，豐富多彩的花朵發著光。
咚一聲發出巨響。一團光團一邊拖著尾巴一邊發出咻咻聲，勢如破竹的從海面升空。
伴隨著像是穿透身體的爆炸聲音，一朵大大的煙火開在遙遠的頭頂上。
喔喔——騷動聲響起。

天空中開出許多藍色的花，化成無數條光線呈放射狀開展。然後就在花開的時候，位於中央的白色與紫色的光開始劈哩啪啦的裂開，一邊發出砰砰磅磅的聲音，一邊開出無數的小小煙火。

而後，一陣殘光啪啦啪啦的往地上傾瀉而下。

那感覺就像是沐浴在翻飛的光之櫻花當中。

「要是那時候死了，就看不到這場煙火了吶……。」

綾瀨很感慨地說。

在我想回答點什麼的時候，附近忽然陷入一片黑暗與靜寂。

我們一直凝望著天空。但是那裡只有一片薄薄的青煙。

「欸……不會是，結束了吧？」

她傻住地低語。從第一個煙火開始才過了不到五分鐘。太傻眼了，我突然笑了出來。

「欸——騙人的吧，寒酸！也太寒酸了！」

「好短喔，果然是鄉下的煙火。」

我們捧腹大笑。

這樣大笑、這麼開心，也都是第一次。

SAYONARA USOTSUKI
NINGYO HIME

終章

人魚之謊

◇你是既溫柔又悲哀的騙子

今年春天，我們成了大學生。

高中畢業之後，我開始一個人在東京生活，羽澄則留在家鄉。

那時候的我，無論如何都想離開家，和媽拉開距離。

高二時想都沒想過能離開那個家，但從庇護所去上高中、考大學，現在我能搬到新的地方一個人生活。

因為媽說我離開家的話就不出錢，所以我得打工賺房租、生活費，雖然辛苦，但利用免學費和獎學金，勉強能夠維持。這是託了那天知道伸出求救的手，會有人好好握住的福。

羽澄說他考大學的時候非常煩惱，但最後還是因為擔心他媽媽留在了家裡。羽澄媽媽在那之後一直有去看精神科。似乎是羽澄拚命勸『希望妳去看醫生』，他媽媽終於願意去了的樣子。

醫生明確表示他媽媽因自殺而失去孩子受到了莫大的傷害，難以正常生活，所以決定要好好治療。說是有定期接受心理諮商，也有服藥，已經冷靜很多了。這或許是因為有羽澄在身邊支持她。

我宛如拋棄了媽媽，羽澄則是留在家裡支持他媽媽，覺得自己真是個不知感恩、薄情寡義的人。

之前通電話時用開玩笑的語氣提過這件事，羽澄沉默了半晌，然後說『我覺得綾瀨有點太能忍了』。

『綾瀨的父母對妳做的事，比我遭受的嚴重許多，所以妳想離開令堂是理所當然的，我覺得是正確的決定。綾瀨一個人努力的在東京生活，真的很偉大喔。我則是一直待在舒適圈裡。』

羽澄的話羽滲透到每一個角落，感覺滿是坑洞的心重新恢復生機。

『可以說辛苦。可以傷心，可以生氣。這些就是綾瀨妳受到的待遇，所以不必忍耐。』

聽到這些話，有種鱗片確實從眼睛掉落的感覺。離家後，現在回頭看，不管爸媽對我說什麼做什麼，我想著就這樣吧，反正哭啊生氣啊都是沒有用的，就割捨掉這種感情吧。

要是臭著臉會讓對方覺得不愉快，所以我一直貼著一張笑臉在臉上。這是保護自己最好的方法。對自己的心撒謊，掩蓋自己動搖的感情，總是笑臉迎人。經常被別人說『不要嘻嘻哈哈的』到底是怎麼回事，我到現在才知道。

我原本以為我和羽澄能彼此交心是因為家庭環境相似，但我想『自欺欺人』也是很大的共通點。

當我聽他仔細說他哥哥的事，還有那之後他和他媽媽的關係時，我想，是的，羽澄也是個騙子。

但他並不像我是為了自己而撒謊，而是為了不讓跨越哥哥死去悲痛的媽媽難過的，心酸的謊言。

但是，為了撒這個謊，他也必須壓壞自己的心吧。

他堅持不和人往來的原因，應該不是因為討厭人。因為，他面對我單方面的要求或突然的邀約，雖然一副傻眼、覺得麻煩的表情，但最後還是會陪我一起去。我想，他如果真的討厭和人往來，絕對會無視我告終的。

羽澄很溫柔，其實是喜歡人、也喜歡和人說話的。明明如此卻要對自己的心說謊，不與周圍的人往來。

然後悲傷的事，他說得一口好謊。我的謊說得很糟，但他的謊真的說得很好。所以誰都沒有發現他的痛苦。

說不定羽澄因此想死。一直說謊說得很累，但又必須說謊，無處可逃。

他現在一定過著不用說謊的生活吧。

不需要隱藏自己的真心、做自己喜歡的事，所以給人的感覺變得明亮了，我想。他說在大學和打工的地方都交到了朋友，高中時代的同學知道了的話，大概會嚇到跳起來吧。

「時間差不多了，得快一點。」

已經有半年沒和羽澄見面了。雖然總是會打電話聊天，但要碰面還是有點害羞。我看著玄關的鏡子，整理了一下頭髮。

鎖上公寓房間的門，朝車站走去。

我們今天，要去實踐兩年前的約定。

羽澄出現在我們約好碰面的車站，整個人的氛圍莫名地有了很大的改變。

「好久不見，綾瀨。」

他以前留著又長又厚重的瀏海，擋著看不清眼睛，但現在清爽了一些，原來羽澄的眼睛長這樣啊，我想。長眼尾又酷酷的漂亮雙眼皮。

還有服裝，我只看過他穿制服或合宜得體的便服，但T恤配牛仔褲這種休閒風，很適合他纖瘦的身材。說起來，我偷偷嚇了一跳，他的服裝品味還不錯。

最重要的是表情不一樣了。是沒有到活力滿滿的程度，但覺得滿明亮的。和喧鬧不同，是一種平穩、乾淨的明亮。

沒有冷漠、面無表情的印象，現在看起來是個柔和的優秀青年。

「……是在看什麼？」

但是，有一點點不爽、傻眼的表情和語氣和以前一樣，總覺得安心。我笑著說「沒什麼」帶過。

「感覺完全不一樣了呢。」

「欸!?」

想說的話被他先說出口，我不由得發出奇怪的聲音。

「咦，是說我嗎？」

「除了妳以外還有誰……怎麼了，身體不舒服嗎？沒事吧？」

羽澄有點擔心地看著我。我笑著揮手說「沒事沒事」。

「綾瀨換髮型了，表情也變得自然了，和以前很不一樣。看起來很有精神，真是太好了。」

他是這麼愛說話的人嗎？

我想我變了，但他也變了。

這一定是進入了新環境的緣故吧。

「走吧。」

羽澄朝閘門方向走去。

搭上電車不過五分鐘，坐在我旁邊的羽澄就靠著窗戶打起瞌睡來。

他說他昨天打工到很晚，應該是睡眠不足所以很累。

看到他的睡臉很新鮮，我不由得利用他在打瞌睡的機會仔細看看。他有漂亮的側臉。鼻樑挺直、睫毛纖長、輪廓明晰。

羽澄忽然動了一下，我慌忙重新看向前方。

「嗯……。」

羽澄發出輕微的聲響，睜開眼睛。

不過他依舊睡眼惺忪，人還呆呆的。看看窗外，偶爾看看我露出淺淺的微笑，但沒有說話。

好安靜啊。但是，我完全不討厭。

直到兩年前，我都還超討厭沉默的。

跟別人在一起時若突然陷入沉默，我就覺得自己絕不想為人知的那一面被發現。所以養成了一但安靜下來就找話說的習慣。因為說說話、隨便劈哩啪啦的說點小謊的話，我想就不會有人察覺我的內心世界。

可是，羽澄不一樣。不管我嘴裡說出多荒謬的話，他都會靜靜地用澄澈的眼睛直直看著我。反正都被看穿了，硬是去說什麼也沒有用。

不知道什麼時候，我只有跟羽澄在一起的時候，不會說那些無聊的謊話。是非常舒服的時光。

「……有天使經過了。」

我小聲地說完，旁邊傳來輕輕的笑聲。

認識羽澄之後，我對忽然出現的沉默，沒有像以前覺得那麼痛苦了。

這麼一來，也沒有必要說那些沒有意義的謊言了。

和羽澄一樣，我覺得自己在大學和打工地方的人際關係也變好了。光是不用對自己說謊就輕鬆許多，我意外的能夠有問題就說出來，而不是忍耐，就算為此有了小小的爭執，但我也發現，就結果來看，這麼做會加深我與對方的的信賴關係。
電車在我們目的地的那一站停下。我們走到月台上，用IC卡穿過閘門，走出車站。
「哇啊，好懷念啊。」
眼前開展的景象和兩年前難以忘懷的記憶一模一樣，我不由得叫出聲來。
「那裡就是我們被偵探抓到的地方。」
羽澄帶著點惡作劇味道的笑著說。
「真的耶。這是我們被逮到的現場啊。」
我也一臉神祕兮兮的開玩笑回話，結果和我們擦肩而過的女子一臉驚訝似的看著我們。
「糟了，被當成罪犯了嗎？」
「說不定喔。」
我們相視而笑。
「先不講這個。應該是走這邊吧？」
「對對，指路的招牌……有了有了，在那裡。」
我們接下來要去水族館。
高中畢業那天，我們約好到了大學一年級的暑假，要去那時候沒能去成的夜間水族展。
離晚上開放還有一點時間，所以我們到車站前的商店街，找了家咖啡店吃了點東西，悠悠閒閒的瀏覽櫥窗。

「莫名有種在約會的感覺欸。」

羽澄冷冷的一句「是喔？」回應我的話。

看他這個反應，我忽然湧起一股不安。

家鄉和東京雖然離得遠，但我們幾乎每天都有聯絡，現在雖然會像現在這樣兩個人約出來見面，但我們並沒有在交往。雖然我打算儘可能接近這一點，但這是我個人的想法，說不定羽澄完全沒打算這麼做也未可知。所以他有可能不覺得這是在約會，而只是跟高中同學出來玩而已。

說起來，雖然我之前都沒想過，但他也有可能在大學裡交了可愛的女朋友。羽澄五官非常端整，髮型乾淨整齊、氛圍也變得明亮，感覺很好聊，他本來就穩重又溫柔，很受歡迎吧。不，應該十分受歡迎。

不安的心情逐漸膨脹開來，忍不住的我不由得直接了當開口問他。

「莫非羽澄你，有正在交往的對象……？」

這瞬間，他緊緊皺著眉頭看著我。

不會吧，我的預感中了嗎？

嗚哇，我這誤會真是爆炸丟臉，在我快被後悔和羞愧擊垮時，羽澄低聲開口。「啊？妳這話是什麼意思？」

「欸……。」

我沒抓到他問這句話的目的，一時語塞。

「怎麼可能……。」

他傻眼的說。我像是被雷打到一樣發抖，心怦怦跳個不停。

「呃，那個，也就是說，你有女朋友，所以沒打算和我約會……的意思？是吧？」

「啊啊？」

羽澄比剛剛傻眼幾百倍地喊出來。

「妳笨蛋嗎？還是妳要我說？」

「欸，要你說是，指什麼……？」

「所以說……。」

他輕輕搖頭後嘆了口大氣，而後深呼吸，繼續直直盯著我看。

「……說，除了綾瀨，我不會和其他人約會。」

我啞口無言，全身僵硬。於此同時，臉頰也刷一下發燙。

羽澄好像也眼圈發紅小聲地說。

「還是說，妳會有這種思考模式，難不成是妳正在跟誰交往嗎？」

「欸欸，沒有沒有沒有！怎麼可能！」

我慌忙搖頭搖雙手。
「……如果是這樣，就好。」
他小聲地說。
「啊，嗯……。」
我也小聲地回答。
「……這氣氛怎麼回事啊？」
忽然垂眉的羽澄笑了，我也跟著笑了。
「悠悠哉哉笑什麼啊。是綾瀨妳突然講些聽不懂的話害的吧。」
「欸嘿嘿，抱歉抱歉。」
嘴上道歉，但嘴角卻不客氣的笑了。
我害羞但開心的，帶著飄飄然的心情地走向水族館。
和白天營業時不同，水族館裡的燈光調暗了，整體氛圍成熟而穩重。
幽暗當中，在水槽裡悠游的魚兒們被低調的燈光照得五彩繽紛，是非常夢幻的景象。
沙丁魚漩渦和海月水母的水槽特別漂亮，兩邊都各自花了十五分鐘左右盡情看個夠。
水池在戶外，頭上是整片的夜空。水面打了藍色的燈光，像是夜晚被月光照耀的海面。
秀開始了，配合飼養員的指示，三隻海豚飛躍。當牠們躍入水中時，大量的水花飛濺，一顆顆水珠閃耀著藍色的光亮，美得讓人屏住呼吸。

「我從沒想過會有這一天……。」

我不由得小聲地說。

那時候的我，就算臉上笑著，全身也包覆著看不見的一層黏液狀的膜。無論呼吸多困難也動彈不得。我以為自己這一輩子永遠都得這麼過下去。

這一點他一定也是相同的，和我在一起的時候，空氣中總是瀰漫著沉重的死心和絕望。身邊的羽澄點點頭說「對啊」。

「那個時候，覺得自己活出自己的人生這種話，聽起來只是痴人說夢。但是現在，能去自己想去的地方，在自己想去的時間，有照自己的意志前往的自由。以前沒想到自己能擁有這些。」

嗯，我點點頭，眼底一陣發熱。

「……幸好那時候沒死。幸好羽澄救了我……幸好還活著。」

這次換羽澄嗯的點頭。

他的手，放在我放在椅子上的手上。

我不由得抬頭一看，或許是燈光的關係，他的臉有點紅。不，不是，燈光是藍色的。我呵呵笑了。我的臉大概也被從身體裡發出來的光染紅了吧。

他掩飾害羞似的說。

「……人魚公主是用這種方式分走人類的靈魂對不對？」

「是喔，靈魂會從交疊的手流進身體。」

這麼回答完後，我「啊」的叫出聲。

「還附帶人類要覺得人魚是『獨一無二、特別而重要的存在』這個條件就是了……羽澄對我，是這麼想的嗎？」

他一臉不爽的皺眉。

「都這種時候，就別問這事了……。」

抱歉，我噗哧一笑。

是我不安，我想。明明知道答案，卻想聽這些話。

「那綾瀨呢。如果妳對我不是這麼想的，我就不能把靈魂分給妳了。」

羽澄反將一軍似的說。臉上帶著惡作劇般的笑容。

我真的很喜歡他這種表情。坦率的笑容也很好，但是這種譏誚的笑法也讓我心怦怦跳。

「不是，這不問也知道吧？你看，這麼做，我的靈魂就漸漸流了過去，沒感覺到嗎？」

直接回答太害羞了，我將手貼在他的手背上，開玩笑似的回答。

他輕輕笑著說「誰知道呢」，聳聳肩。

然後忽然改變了表情，平靜地說。

「不過，我們兩個都還是人類學徒。即使把靈魂交付給對方，說不定最後還是一半。」

「……嗯。」

我一邊點頭一邊想。的確是這樣呢。終於能憑著自己的想法稍微行動了，可還是不成熟。

但是啊，我繼續說。在他的手中把自己的手翻過來，讓掌心與掌心重疊。

「書上有寫，即使人魚公主分得了人類的靈魂，分出靈魂的人類，他的靈魂也不會減少喔。」

羽澄微微睜大眼睛。一臉稍微想了想的表情，然後開口說「這麼說」。

「就算把靈魂全部給綾瀨，我的靈魂也不會減少。」

「對。就算我把所有的靈魂全部給羽澄，我的靈魂也不會減少。」

「那，我們就把自己的靈魂給對方，再把從對方那裡得到的合在一起，就變成一個人份的了。」

「就是這樣。」

「……這太投機了，沒辦法讓人信服啊。」

久違的彆扭羽澄出現，我不由得笑出聲來。

「那就不用客氣，想拿多少拿多少喔。」

半月和半月合在一起就成了滿月。我莫名的非常安心。在一起的話，半月的我也能成為滿月。

「算啦，也是，就這麼做吧。」

羽澄也笑著說。

和高中時代諷刺的笑法不同，是非常直率且漂亮的微笑。

「羽澄的靈魂，全部都給我嗎？」

「可以喔，綾瀨也給我了吧。」

「當然。」

我們彼此的手用力，回過神來時已經牽在了一起。

和一起去死時牽著的，冰冷的手不同。

是為了一起活下去而牽的，溫暖的手。

謝謝，我說；謝謝，他回答。

眼淚逐漸溢出。

活著很痛苦。

真的很艱辛又痛苦的時候，人是看不到逃走的路的。也沒注意到可以回頭。視野變得狹窄，一片黑暗也只能前進。就算前方一步就是懸崖，因為看不見，所以會一點都沒有察覺的踏出那一步。

冷靜下來後看，明明就有其他的道路。明明後方有來時路，並不是單行道，可以折返。

但是，如果想死的話，稍微停止一下腳步也無妨。因為沒有繼續前進的必要。

為了注意到有其他的路，可以不用往前進，緩緩深呼吸。

——◆已經不用說謊了

某天，突然發生一件想都沒想過的事，產生某種劇烈的變化，把我從無聊的日子裡拯救出來。灰色的世界，閃閃發亮。

心裡的某塊地方一直焦急地等待著，宛如奇蹟般的這件事。

但我已經不是會對這種不確定的奇蹟深信不疑的年紀了。

我已經知道，能改變自己的只有自己，也不能要求別人改變自己。

想改變的話，就只能靠自己的力量改變。雖然她給了我改變的契機，但改變的是自己。這一點我和她是一樣的。

我們過去一直為了保護自己而說謊。沒有注意到說謊這件事，會一點一點侵蝕自己的心。

可是，如果背過身不去看自己的本心，不管經過多久都不會改變，無法改變。

之後我們會解放真正的自己，用自己的腳，為了自己，走在人生的道路上。

說謊的自己，就此結束。再也不用說謊了。

自己覆蓋上的鱗片，全部剝除乾淨。人魚公主，已經，結束了。

——再見了，說謊的人魚公主。

後記

這次，非常感謝您從無數的書籍當中拿起了《再見了說謊的人魚公主》。

本書是我懷著「寫一本成為新境界的作品」的熱情開始的，所以在主題、角色設定和結構上，以過去沒有挑戰過的形式開始創作。因此有非常多煩惱的部分，給責任編輯帶來很大的麻煩，從構思到完成竟花了一年時間，氣喘吁吁的完成，寄託了我許多感情的一部作品。

羽澄和綾瀨兩位主角，心裡都藏著不少的煩惱，但都沒有和周圍的人明說。就只是一直藏在心裡，一個人繼續忍耐。拿起這本書的讀者中，我想也一定有相同際遇的人。知道他們兩人在無法繼續忍受痛苦時所採取的行動，沼田老師說「希望更信任大人一點，更依賴大人一點」，不過對此羽澄說「完全沒想過要依賴大人」。這邊的「大人」我想可以換成「周圍的人」。

雖然是個人私事，在我在高中執教的時候，某天學生突然做出了重大的決定，但這已經不是商量而是報告，無論說什麼都無法動搖他的決心，我相當後悔自己什麼都沒有注意到。

就如沼田的台詞，我有經歷過那種後悔『成為大人的我』的心情。可是回頭想想『學生時代的我』，想的一定和羽澄一樣。告訴別人自己內心所思所想，乞求他人的幫助，比想像中還困難，常常是直到發生無法挽回的狀況時，那份痛苦才第一次為人所知。

這篇後記寫於二〇二〇年十二月，但回顧這一年，心裡湧起一股「真的是變成了辛苦的問題啊……」的深深感慨。聽到幾個自己做出極端選擇的悲傷消息，成為難忘的一年。想到他不知道是深陷在多大的絕望中拉上自己人生的帷幕，我的心中就充滿難以言表的感情。

我希望不會有更多悲傷的消息，然後相信故事的力量，寫下這部作品

希望透過這個故事，那怕只有一個人，讓他注意到痛苦至極想結束一切的時候，可以停下腳步，不用繼續走下去，還有其他的道路，深呼吸看看周圍，說不定會有什麼改變的話，就太好了。

打從心底感謝協助本作出版有關的各位，給予拙作推薦回文或插畫的各位，以及一直支持我的各位讀者。

汐見夏衛

國家圖書館出版品預行編目資料

再見了說謊的人魚公主/汐見夏衛著；
猫ノ助譯. -- 初版. -- 臺北市：臺灣東販股份有限公司, 2023.11
336面；14.7×21公分
ISBN 978-626-379-082-7(平裝)

861.57　　112016308

再見了說謊的人魚公主

2023年11月1日　初版第一刷發行

作　　者　汐見夏衛
譯　　者　猫ノ助
繪　　者　みっ君
編　　輯　魏紫庭
美術編輯　林佳玉
發 行 人　若森稔雄
發 行 所　台灣東販股份有限公司
＜地址＞台北市南京東路4段130號2F-1
＜電話＞(02)2577-8878
＜傳真＞(02)2577-8896
＜網址＞www.tohan.com.tw
郵撥帳號　1405049-4
法律顧問　蕭雄淋律師
總 經 銷　聯合發行股份有限公司
＜電話＞(02)2917-8022

TOHAN